金牌小说

Awarded Novels
长青藤国际大奖小说书系

永不变老的日记

〔美〕琼·W.布洛斯 著　罗玲 译

A Gathering of Days: A New England
Girl's Journal, 1830—1832

晨光出版社

前言

生命的意义在于改变

《永不变老的日记》获得了1980年美国纽伯瑞儿童文学奖金奖和美国国家图书奖金奖，是当年美国童书界最大的赢家。

这部小说是日记体裁，以八十二岁的日记主人，也就是凯瑟琳·霍尔写给她的曾孙女的一封信开篇。作者用这封信告诉读者，这本日记是凯瑟琳十三四岁的时候写的，记录了主人公在1830年至1832年期间的点滴生活。遭遇黑奴的逃跑、父亲再婚、最好的朋友突然离世……两年间发生的事情对凯瑟琳的心灵产生了深远的影响。在这本几乎是天天记载的日记中，凯瑟琳忠实地记录了她所经历的幸福和痛苦、成长和蜕变。

凯瑟琳的妈妈过早地去世了，留下她和父亲还有妹妹一起生活。母亲去世后，凯瑟琳自然而然地肩负起了家里女主人的责任，她操持家务，照顾妹妹，早早地成熟起来。母亲在凯瑟琳心里是一个永远不可替代的遥远的天使，所以当父亲再婚后，即便继母安妈妈坚持不懈地努力付出和用心感化，恭顺却执拗的凯瑟琳也用了很长时间才敞开心扉接受她，尊重她，爱她。家庭，对于一个孩子来说，永远都是最温暖的避风港。

日记中凯瑟琳的小伙伴很多，大家在贫苦的日子里做伴，虽然没有华服美食，时光依旧非常美好。凯瑟琳最好的朋友凯西，既是她的朋友，更是她的心灵伙伴，她们在一起商量着日常的一切，也交换着彼此的心事。可以说开朗活泼的凯瑟琳在心理上非常依赖安静稳重的凯西。正因如此，凯西的突然离世给了凯瑟琳极大的打击，以至于在日记的最后一部分，字里行间，每一个角落，都弥漫着凯瑟琳对凯西的怀念。友谊，对于少女的成长是多么重要。

十三四岁少男少女的懵懂情愫在小说中也隐约可见。阿萨和索菲，丹尼尔和凯西，约书亚和凯瑟琳。他们之间的情愫朦胧、羞涩、无比美好。我想，约书亚对凯瑟琳的爱慕也是凯瑟琳生活中非常珍贵而隐秘的财富吧。

少男少女的世界是单纯的，他们还没有被成人世界的规则浸染，所以当逃跑的黑奴出现时，他们想到的是如何本着自己的信仰——做一个善良的人，去帮助有需要的人，去做自己应该做的事情。所以，凯瑟琳、凯西和阿萨，在那个时代冒天下之大不韪帮助了一个在冬天里几乎冻死的逃奴。这让少女时的凯瑟琳惶恐不已，可是直至耄耋，凯瑟琳也没有后悔过当初的善举，并引以为傲。人的善念，尤其在童年和少年时期闪耀出来的光辉更为清澈美丽。

这是一位曾祖母在十三四岁时所记载的成长日记，记录的是她和小伙伴们的日常生活，也是她和自己的对话。小说的语言平淡而隽永，每个章节所讲的故事互为因果又相对独立，在阅读过程中我们要有足够的耐心，慢慢地去探寻主人公在少女时期所经历的美丽与哀愁。在自己的曾孙女十四岁生日时，凯瑟琳把这本日记作为成长礼物送给了她。小说一开篇便点出了这样一种爱与智慧的传递，其实也已揭示了本书的主旨——这是一本永不变老的日记，一如永远留在了豆蔻年华的小伙伴，但我们依旧在成长，在改变，生命的意义也就在于此。

罗玲

目 录
Contents

引子	1
第一章 蓝眼睛·书法·感恩节·黑影子	3
第二章 怪影·希普曼太太·新针法·雪一直下	12
第三章 丢失的写作书·纸条·可疑的留言	19
第四章 惦记·偷饼·凯西被批评·送被子	30
第五章 滑冰·圣诞节·棉被·新年·大雪	38
第六章 算术·写作课·暴风雪·赶集	44
第七章 有色人种·巴洛刀·害羞·吓人的谣言	51
第八章 冷漠·挨打·爸爸的椅子·生日·枫树汁	60
第九章 采糖季·伯爵的传奇·拼写比赛·恶作剧·蓝裙子	68
第十章 土豆芽·阿萨的诗·勿忘我·爸爸的奇遇	78

目录
Contents

第十一章　犹太货郎·梳妆台·蟋蟀玛莎·波士顿来的女士　90

第十二章　十一条被子·墙画·夏季学期·织布工人·真相　101

第十三章　航海罗盘·暴雨·国庆节·纪念碑·鸟和春天　111

第十四章　黄鹂鸟·在户外上课·爸爸的故事·凯西的悲剧　126

第十五章　葬礼·连衣裙·怀念·艺术天分·痛苦　141

第十六章　布娃娃·旧伤·独立战争·北极光　150

第十七章　露西姨妈的婚礼·包裹·新老师·坚果丰收季　157

第十八章　真正的老师·亲密的和陌生的·再见，亲爱的家　169

尾声　180

后记　182

A Gathering of Days: A New England
Girl's Journal, 1830—1832

引子

致以我的名字命名的凯瑟琳：

在你十四岁生日之际，我把这本日记送给你。这是我十四岁那年写的日记，那一年是我住在农场的最后一年，不过当时我并不知道这一点。就在那一年，我的父亲再婚，我最好的朋友凯西去世了。凯西至今仍然活在我的心里，她也是我们所有人中唯一一个没有变老的。

我曾经希望自己永远不要变老，可是现在我知道，永远年轻其实就是拒绝成长和改变，而成长和改变不就是我们人生的意义吗——我们每时每刻都在成长，在改变，你永远都不知道生命中的某个节点从何开始，会把你带往何处。

所以，关于人生，我想说的一点是：别害怕，别退缩，最要紧的是，不要虚度。

爱你的曾祖母：凯瑟琳·霍尔·万斯迪
写于罗得岛州普罗维斯顿
1899 年 11 月 20 日

第一章 蓝眼睛·书法·感恩节·黑影子

1830 年 10 月 17 日，星期日

我叫凯瑟琳·康博·霍尔，到今天为止，我已经十三岁六个月零二十九天了。我住在新罕布尔州的梅勒迪斯。从今天起，我开始记这本日记。

昨天我听说，我爸爸在马萨诸塞州的波士顿领到了我们接下来几个月的口粮，已经启程回家了。

我爸爸叫查尔斯，查尔斯·霍尔。我妈妈叫汉娜·康博·霍尔，因为热病去世整整四年了。我妹妹叫玛丽·玛莎，她拥有一头像妈妈一样的乌黑卷发，而我则继承了妈妈的蓝眼睛。

我最要好的朋友叫凯西·希普曼，她家的农场就在我家农场的南边，比我家的大很多。凯西比我大一岁，不过我们俩的个子一样高。我们无话不说，我们的秘密

梦想总能在对方心里找到回应。凯西家有三个男孩：大卫·霍拉提，比凯西大两岁；阿萨·海尔，和我一样大；还有最小的一个，叫威廉·曼森。威廉还是一个小婴儿，大家平时都叫他威利。

1830 年 10 月 19 日，星期二

今天，老师列出的写作准则是：

……要用最朴实、最真诚的语言来表达你内心的想法。

我内心的想法是：我要永远永远留在这儿——这所我爸爸用双手辛辛苦苦建起来的房子里。

希望我所爱的人永远不会受到伤害。我的爸爸、玛莎妹妹、凯西和希普曼一家，还有爸爸的兄弟——也就是我的杰克叔叔。他一直没有结婚，每到缺钱的时候就急得团团转。

我希望我能好好学习，能够完成别人要求我做的所有事情。

最后，最难以启齿的是，我希望能拥有像玛莎妹妹和妈妈那样的一头卷发。

1830 年 10 月 21 日，星期四

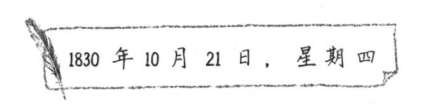

霍尔特老师夸我字写得比以前好看了。不过我写的大写字母还不太好看，要练习写成更漂亮的花体字。

今天晚餐后爸爸给我们讲了个故事：有一个人在树林里丢了四只小猪，他就跑去找。没走出多远，一个野兽就出现在他面前，挡住了他的去路。跟大家预料的一样，一开始的时候他转身逃跑了。可是第二天早晨醒来的时候，他又仔细想了想，要是丢了那些小猪他就更穷了呀，于是他壮起胆子又回去了。等到了那儿，他才发现前一天晚上看见的那个野兽，其实只是一棵倒在地上的大树的一团树根！那树根被树林里的动物啃去了一部分，所以才呈现出怪异的形状。至于野兽的两只脚，其实就是两条比较粗大的树根，以同等的角度弯曲着而已。

爸爸给我们上了生动的一课：做事情必须多动脑筋。如果那个人第二天没再回去，那之后的每一天他肯定都会倍受煎熬，他就被无知的恐惧打败了——如果是那样的话，他比那些十恶不赦的坏蛋，或者是最没有教养的小孩也好不到哪里去了。

1830 年 10 月 22 日，星期五

今天家里来了客人，我们差点儿让客人白跑一趟。我们根本没想到这个时候会有人来，货郎、补锅匠之类的，要到春天才会来，所以我们压根儿就没注意到敲门声——有好几次我们都把风声和敲门声听混了——直到有人在门外喊起来。

原来是我们的杰克叔叔。虽然他一直说自己是顺路来的，但我觉得他就是特地来的。他给我们买了一些糖果，都用纸包着。然后他在我家开心地喝了苹果酒。

1830 年 10 月 26 日，星期二

冬天真的来了！今天早上水槽结冰了，草尖上全都结了霜。

杰克叔叔又来了，他说他曾在报纸上看见一则报道，有位山姆·纽维尔先生培育出了一种白色的土豆，周长足足有二十四英寸！爸爸不相信叔叔的话，可是叔叔把报纸给带来了，那上面白纸黑字印着，确实如他所说。于是大家跑到地窖里去一通乱找，一边推测着，一边翻出了我们所收获的最大个儿的土豆，拿上来量了量尺寸。

我有点儿等不及想吃晚餐了。我把煮饭的锅提前从炉子上端了下来,饭险些煮煳了。我大胆地邀请我们的客人留下来吃晚餐,而且很快就给大家摆上了美味的饭菜,杰克叔叔吃得很高兴。

后来爸爸毫不掩饰地表扬了我,说我是他的骄傲,给了他很大的安慰。他还说,好多成年的女性都没有我做得好。我不会忘记爸爸说的话,我下定了决心,以后都要把这些事情做好,这样才能让爸爸一直都感到骄傲和安慰。

1830 年 11 月 1 日,星期一

还有三个星期就到感恩节啦!我得给我的礼服换上新的蕾丝衣领。这件礼服我穿已经有点儿小了。先前我把一条制服裙子送给了玛莎,可能只能再要回来穿上了。而这件礼服嘛,我想,玛莎可以穿,配上她新织的毛袜,还有我送给她的那双红色摩洛哥皮靴,一定非常好看。

今天,凯西和我,还有希普曼太太都开始为感恩节的大餐做准备了。我们最先做好的是可以冷藏在地窖里的蛋糕,上周我们做了姜汁面包,今天做的是扬基蛋糕和李子口味的硬布丁。希普曼太太有个妹妹住在塞勒姆,

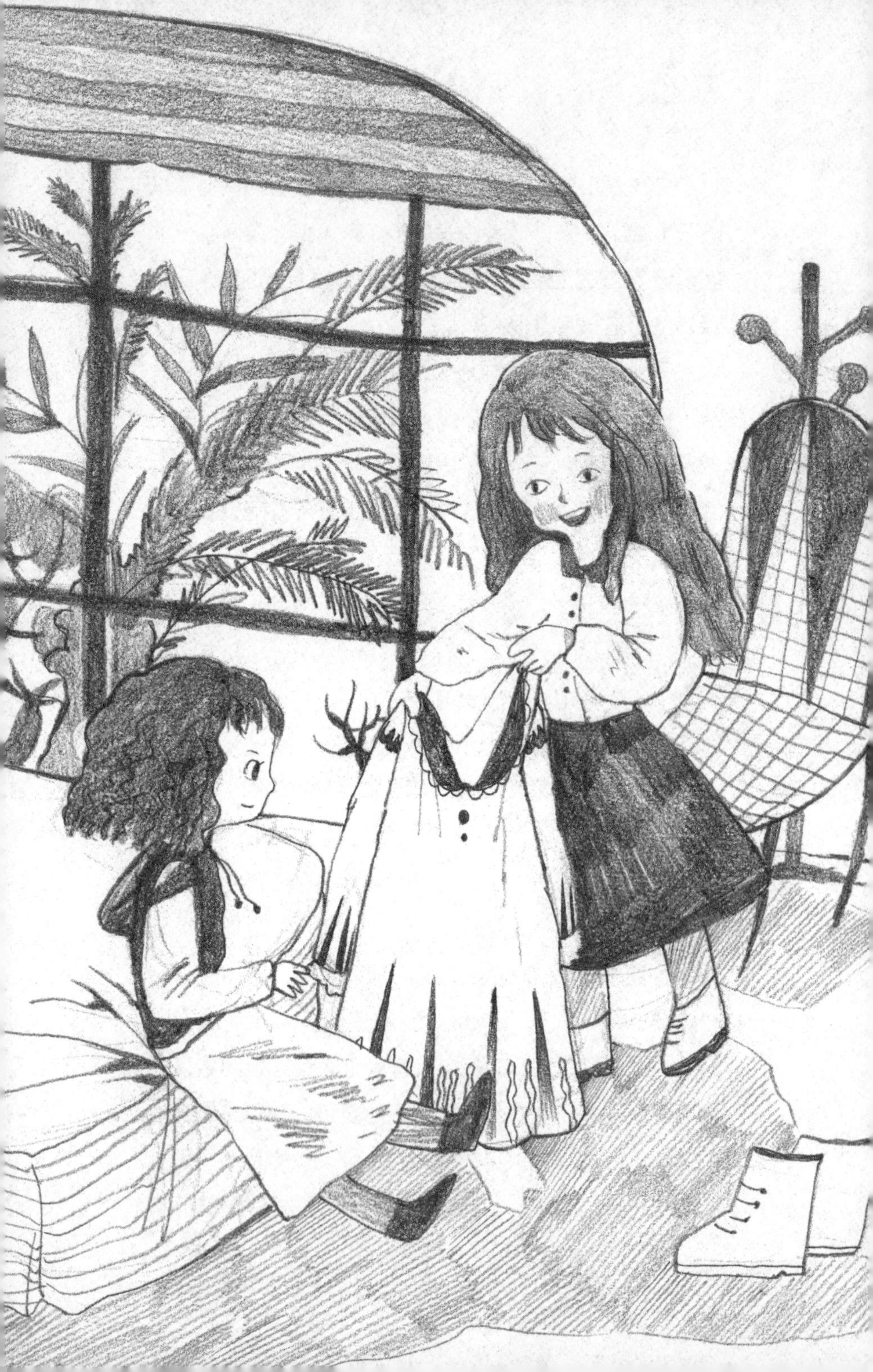

她给我们寄来了做蛋糕和布丁的改良食谱，可是由于手头没有葡萄干，我们就没有按照食谱来做。

1830 年 11 月 4 日，星期四

今天放学回家的路上，我被结结实实地吓了一大跳。我清清楚楚地看见了一个瘦高个儿男人的影子。逆着光，他的衣服看上去破破烂烂的，他用一只瘦骨嶙峋的手搭在眼睛上面，好像是在遮挡太阳。

我马上就用手指向他的方向，可他飞快地消失了，等到凯西和阿萨顺着我的手指看过去时，他已经不见了。我只能结结巴巴地跟他们俩解释，我想指给他们看的是什么。

阿萨还记得我给他们讲过的那个野兽的故事及其寓意。他觉得这会儿我们也应该追过去看看，不然根本不会知道那个男人到底是怎么回事。可是凯西很谨慎，她不同意那么做。于是，作为最后一个发言人，我投出了关键的一票。天色已经不早了，而且我还要准备晚餐，我选择站在了凯西这一边，而阿萨很不高兴地皱紧了眉头。不过没过多一会儿，我们就高高兴兴地手拉着手一起回家了。

1830 年 11 月 5 日，星期五

路边和田里的颜色既不是庄稼的绿色，也不是雪的白色，而是一片枯黄。可以想看多远看多远，因为树叶全都掉光了！只有种在田野四周的"忠诚"的常绿树木，还在守护着田野的边缘，保守着森林的秘密。

"凯瑟琳，你看！"玛莎冲我喊着，她围着围巾，可小脸还是通红通红的。她说："我呼出来的气也可以结霜啦！和婴儿还有奈利一样！"然后她哞哞地学起了牛叫，直到我都替她难为情。

1830 年 11 月 6 日，星期六

希普曼太太来找过爸爸，她告诉爸爸她的妹妹要从塞勒姆来这里玩了。她特地强调她妹妹"还没结婚"，而且要在她家住上一段时间。我爸爸说很高兴听到这个消息，并祝愿她们好好享受姐妹重聚的美好时光。

他们没有再接着聊这件事，开始谈起了其他的事情。希普曼太太需要一个橱柜，请爸爸给她做。作为回报，希普曼太太答应继续教我和玛莎做家务。她叹了口气说："孩子们的妈妈不在了，少了她的指导，孩子们真不容易。"

"我们过的挺好的。"我听见爸爸说，"我无意冒犯您，嗯。不过，我们过得挺好的。"他重复着这句话。

1830年11月7日，星期日

我们一家三口和杰克叔叔，在晨祷后拜访了希普曼家。希普曼先生和爸爸评论了最近频繁发生的奴隶逃跑事件，在他们小时候这种事情还不多见，至少据他们所说是这样。现在每周的《快递报》上都会刊登越来越多的言辞激烈的奴隶主广告。比如什么"后果自负""有知其下落者""本人在此声明……"之类的。

杰克叔叔问："万一在我们周围出现了这样的逃奴，你又碰巧发现了，你会怎么办？"

"举报他，然后把他送回去。"爸爸立刻回答。

"可是查尔斯，"叔叔追问，"如果这个奴隶逃跑的理由是正当的呢？"

"不可能是正当的。依我看来，奴隶就是奴隶。另外，我一点儿都不想多管闲事。不，你必须这么做，而且要做得干净利索；你得把那些流浪汉——管他们是什么人呢——你得把他们送回他们该待的地方去。"

爸爸经常说，他相信人可以依靠自己的智慧去辨别对错，而知道什么是正确的，才可能把事情做对。有人觉得爸爸在这一点上太过严肃，不过对于爸爸来说，那不是严肃不严肃的问题，那关乎荣誉。

第二章 怪影·希普曼太太·新针法·雪一直下

1830 年 11 月 10 日,星期三

今天,我又看见了那个怪影——就在相同的地点,派博家附近的树林。这一次他停留的时间稍长一些,然后一点一点地慢慢消失在黑暗中。

我下定决心,一定要自己去检查一番,然后向阿萨和凯西证明我没有看错。他俩到现在还是会拿我取笑。他们会说,"哎呀,凯瑟琳,今天你又看见无头的什么怪物了呢?"或者说,"凯瑟琳·霍尔,是不是那些被你弄丢了的小猪把你带到树林里去啦?"

今天,在学校里,索菲·柏金思告诉我们,她爸爸说了,等她一满十五岁,就要把她送到马萨诸塞州洛威尔的工厂里去做工。柏金思家确实很穷,索菲身子又很壮、很健康,况且她习惯了干累活,一定能挣

不少钱。

可是索菲就要离开这里去洛威尔了吗？如果是我就要这样离开自己所爱的一切——我爱的人，我爱的地方，我爱的生活方式——那该是多么可怕啊。

索菲说，招聘人员说工厂的房子里有专门给女孩住的会客厅，而且布置得非常好，甚至还可以弹钢琴！索菲热爱音乐——柏金思家的人都喜欢音乐——她经常在她爸爸演奏小提琴的时候唱歌，唱得可好听了。我敢说，她一定会学弹钢琴的，而且很快就能让大家欣赏到她的演奏。

1830 年 11 月 12 日，星期五

为什么一个大声训斥的女士的双手，会和毛皮帽子有异曲同工之妙呢？

（因为他们都能让人耳根发烫。）

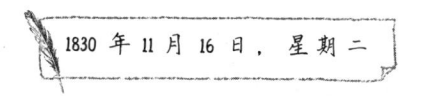

1830 年 11 月 16 日，星期二

约书亚·尼尔森在学校被严厉批评了一顿。约书亚的所做所为是不太好，至少霍尔特老师是这么解释的，因为他试图把责任推到另外一位同学身上。挨批评之

后，约书亚又被罚在大页的纸上抄写"做真实的自己"一百遍。（霍尔特老师说，这句话出自莎士比亚的戏剧。莎士比亚生于1564年，死于1616年，是英国伟大的剧作家。）"做真实的自己"，霍尔特老师非常推崇这句话。我想，我也是。

1830年11月20日，星期六

希普曼太太的妹妹昨天晚上来了。虽然当时天色已晚，还加上长途舟车劳顿，她的精神倒是还不错。马车到达大桥的时候已是半夜了，按约定希普曼先生在大桥那儿接她，然后把她的行李搬回了家。她是凌晨三点钟先从塞勒姆到波士顿，然后就从波士顿出发了。

在希普曼家的院子里看到这样的场景，让人觉得怪怪的：希普曼太太的妹妹从头上的帽子到脚上的靴子都非常时髦，坐在马车的座位上一边挥手一边跟大家打着招呼。夜已经深了，只能靠树脂做的火把来照明。她长得非常像希普曼太太，只不过要年轻几岁。

凯西和我获准去迎接她的到来，因而我有幸见识到了她的大皮箱。每一个箱子都很能装，还有好几个专门装帽子的盒子——我把它们搬进屋里去的时候就知道了！

今天她给我们看了她带来的礼物：成匹的薄缎子和薄毛呢；还有好几本《格蒂女士》杂志，这样凯西的妈妈就可以从书里挑选样式，缝制好看的衣服啦；还有蕾丝花边和镶缀饰物，甚至还有货真价实的黑玉纽扣……

凯西和我直接扑在杂志上，我们把校服的衣领塞进去，假装自己穿着的就是最时尚的披风和外衣。

1830 年 11 月 22 日，星期一

今天，天气看上去很糟糕，我们提前放学了。凯西到我家来找我，还带来了她正在织的袜子，她披着妈妈的披肩，我差点儿把她认成是她妈妈啦！我们开开心心地坐在一起，一边聊天一边织袜子，连天黑了也没注意到。

凯西给我展示了最近学的新针法，在袜子脚后跟那里织长一点，这样就可以增加袜子的长度，就能穿得更久一些。

索菲曾告诉我，她喜欢阿萨。我把这事告诉了凯西，凯西觉得索菲完全没有搞清楚状况。明眼人都看得出来，阿萨一点儿都不喜欢索菲，他甚至觉得索菲笑起来有点儿傻，鼻子皱得有些可笑。

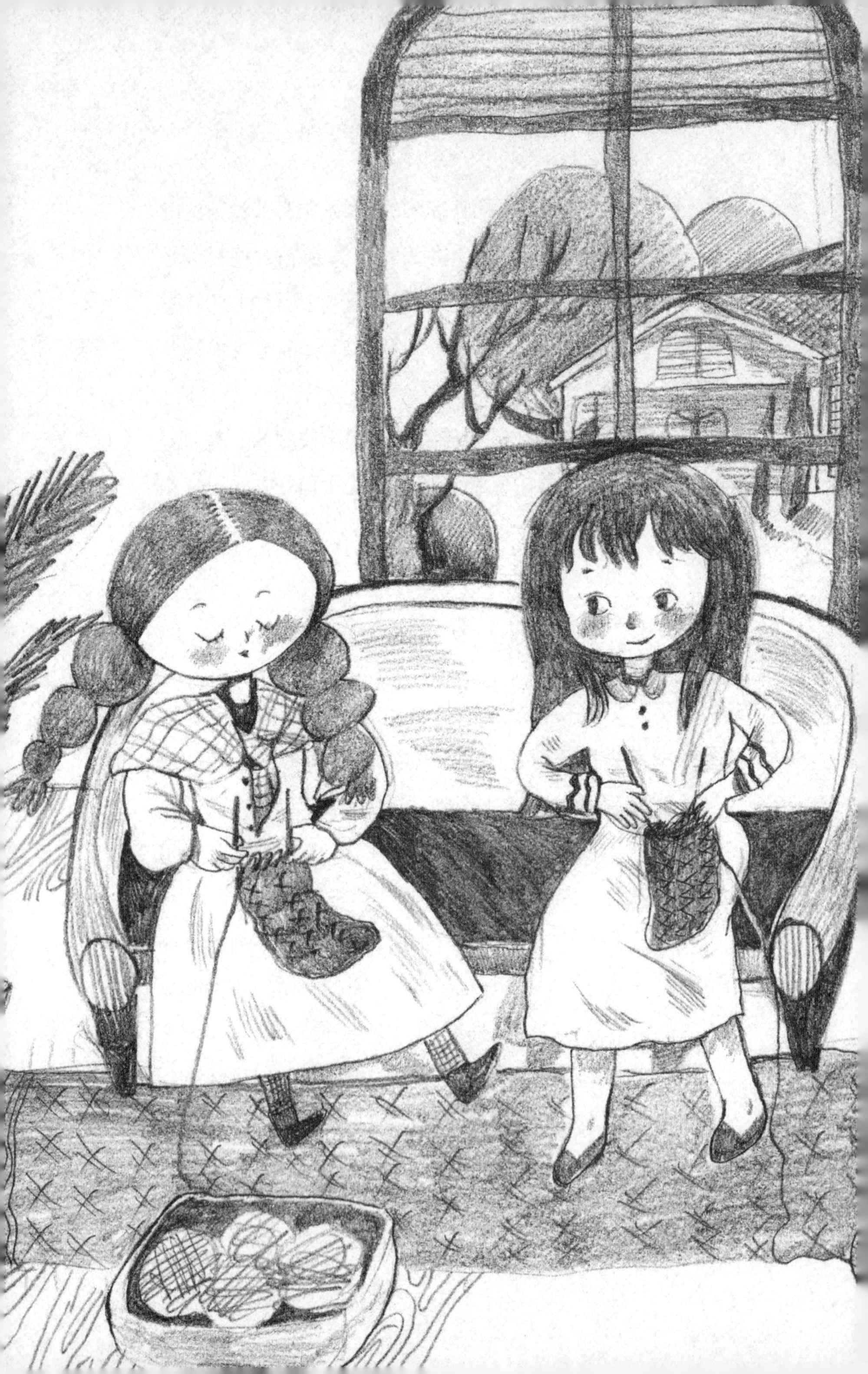

我和凯西达成了一致：要是别人没有先说喜欢我们，我们才不要表现出喜欢别人呢。

（今年苹果的收成不错，今天我们吃了好几个。）

1830 年 11 月 23 日，星期二

雪一直不停地下，我们没有去上学。后来等雪小一些的时候，我帮爸爸把通往谷仓的路清理了出来。今年雪下得这么早、这么大，实在是不太正常。

1830 年 11 月 25 日，星期四

今天我们在希普曼家吃了一顿特别丰盛的大餐！我俩吃到撑得不得了了！希普曼家各式各样的馅饼应有尽有，还有布丁、扬基蛋糕，以及姜汁面包！

杰克叔叔把大家逗得哈哈大笑。他假装不确定自己最想吃哪种甜品，于是每一种都反复地吃，还一边说着"要确定该吃哪一种"。晚餐还没结束威利就睡着了，大人们把他抱到了床上，没有脱袜子。

露西姨妈——我们跟着希普曼家的孩子这样叫她——穿着一条深绿色的丝绸裙子，她来这儿的那天就

穿着这条。她笑着和每个人亲切交谈，气氛真是好极了。凯西的妈妈虽然穿着旧衣服，不过她用露西姨妈带来的蕾丝装饰了一下衣服的袖口。凯西那件最好的礼服也用黑玉纽扣装饰了一下，看起来焕然一新。我的衣领受到了大家的交口称赞。玛莎则一直提着裙摆，是想让大家看她的靴子。

爸爸没再像往常那样独自陷入沉思，他说了好些俏皮话，晚餐快要结束时，他还把玛莎抱在膝盖上。那天晚上，爸爸非常引人注目。

我们衷心希望有一天能在自己家回请希普曼一家一次，我这样想不算离谱吧？

第三章 丢失的写作书·纸条·可疑的留言

1830 年 11 月 28 日，星期日

天气依旧非常糟糕。不过我们还是像平常一样出门了。街上有一条狗冲着行人猛吠。它看起来奇怪极了，因为天气太冷，它每一声吠叫都变成了一次喷气。于是它的节奏就是——汪汪！噗噗！汪汪！

1830 年 11 月 29 日，星期一

今天我把家里翻遍了，也没有找到我从学校带回来的写作书——爸爸说他想看看，霍尔特老师才特地允许我带回来的，可是现在我和玛莎都找不到那本书了。我们仔仔细细地找遍了家里的每个角落，连最不可能的地

方都看过了。

我明明记得回家的时候我是把书放在帽子、围巾和手套边上的，一路上我只停下来了一次，在路边扯了些豆荚和野草。

我还没把这件事告诉爸爸，也不知道该怎么跟霍尔特老师交代，我辜负了霍尔特老师的信任。我真希望书没有丢，希望明天就能找到！

1830 年 11 月 30 日，星期二

露西姨妈今天匆匆忙忙地跑到我家来了，那会儿我们才刚刚从学校回来。她一定是一看到凯西和阿萨回家就立刻来我家了！不过她想见的应该不是我，也不是玛莎。她打扮得漂漂亮亮地跑来，当时爸爸正在准备修理马缰绳。可能她是听希普曼先生或者是别的人说了爸爸正要修理东西吧，她问爸爸能不能帮她修补一条皮带。那条皮带是她一个行李箱子上的，有点儿开裂了。爸爸接过皮带，问她是不是马上就要走。

"噢，老天呀，不是，我不走！"她回答的时候嗓门一下子就提高了，两只手还不知所措地挥着。

"那个，走不走都没什么大问题，我一会儿就能给

你修好。"

可是她已经脱掉了披风,熟练地把水壶轻轻提到一边,伸手在火炉上取暖了。露西姨妈懂得生活,而且据我在希普曼家的观察,她还做得一手好饭。可是在我们家,她没什么可做的,爸爸也不肯跟她聊天,就只知道埋头用针和尼龙线缝补那条皮带。玛莎瞪大了眼睛看爸爸干活,我则翻看了一下爸爸放在旁边的几条裤子,好像他原本准备要补这几条裤子。

突然露西姨妈大声地说起话来,说真该带点儿活计过来什么的,这样大家就可以一起干活了。她说这话时可开心了,不过我们三个都只是略略点了点头,爸爸很快就把那条皮带缝补得结结实实的。他把皮带交给露西姨妈,她欢欢喜喜地对爸爸谢了又谢,然后说自己真的得走了。爸爸送她出门,在回来关上家门的时候,他轻轻地说了一句:

"你们觉得,我们是不是该请她喝杯苹果酒再走?"

玛莎也有一个问题要问,不过她的问题可不是自己想出来的。"爸爸,你会和露西姨妈结婚吗?索菲说,她妈妈说您应该和露西姨妈结婚。"

爸爸又穿好了一根尼龙线,说:"你告诉索菲,告诉她和她的妈妈,我们家现在过得挺好的。你不觉得吗,凯瑟琳?"

他叫我名字的时候,语气是那么淡然和满足,于是我欣然点头，表示同意，很高兴他对我的看重。我站起来把水壶放回炉子上，这时爸爸接着说："所以说，如果各位女士想要操办一场婚礼，那恐怕得重新找一位先生，如果她们不想让两位女士结婚的话。"他好像还想再说点儿什么，但又打住了，继续做着手里的活计。过了一会儿，爸爸唱起了歌。记不起歌词的地方他就哼过去，他唱歌的时候老这样。

1830 年 12 月 1 日，星期三

我想不通到底发生了什么，我的写作书还是找不着。幸运的是，好像还没有人发现我把功课写在了纸上，而不是书上。一整天我都提心吊胆的，害怕被发现。

会不会是别的同学把书拿错了呢？可要是拿错了，他应该会把书带回学校的吧——除非是由于某种原因他把书忘在家里了？那他明天会带回学校的吧？

湖水结成了黑色的厚厚的冰，一般来说，只要天气一直很冷又不下雪，湖就会冻成这样。放学后我们都到湖面上去玩。当女孩们玩腻了滑冰，男孩们就去弄些树枝来，充当皇家雪橇，给我们坐。我们像过节似的又笑又闹，假装自己是穿着貂皮大衣的王后。我们骑在大树枝上，男孩们则在前面开道，拖着树枝拉着我们在冰面

上前进。

女孩当中只有索菲摔了一跤，更糟糕的是，摔倒的时候连衬裤都露出来了。要是我的话，非得当场羞死不可。可不止是衬裤露出来了，大家都看见了——索菲居然在袜帮上缠了一圈红绳子！

1830 年 12 月 2 日，星期四

天哪！我的写作书找到了，而且找到的过程真是匪夷所思！

在我们学校的校舍和沃利·派普家的树林中间，有一块凹凸不平的大界石，学校和树林都在大路边上，我的书就是在靠近学校的那边找到的。一目了然，好像是有人专门放在那里似的。我一开始都不敢相信自己的眼睛，我怎么会把书扔在那里呢？试问，有谁会冒着那么大的风险，把书放在这种地方呢？

不过我并没有纠结多久，就高高兴兴地捧起书，翻到我熟悉的那些页面看起来，每一页读起来都那么亲切。然后，在封二写着我的名字的正下方，居然有几个特别奇怪的字：

求求你了，小姐。

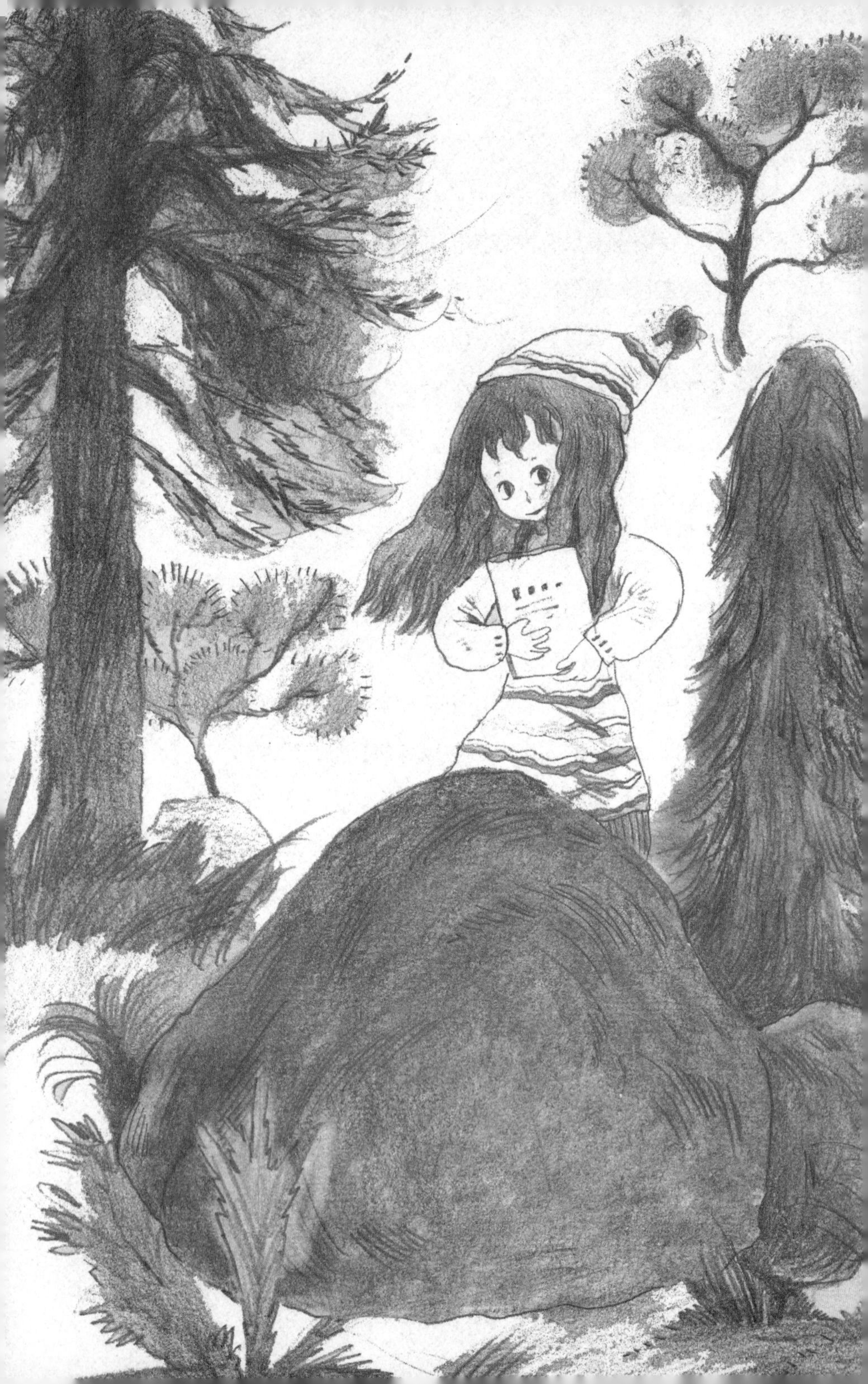

行行好。

我冷。

这些字是用炭写上去的，很潦草。我不明所以，只想快点儿去告诉凯西和阿萨。

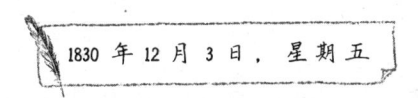

1830 年 12 月 3 日，星期五

我没找机会跟凯西和阿萨说那件事情，因为半路上我们遇到了索菲，大家一起去的学校。玛莎咳嗽了，放学后得直接回家。我想她肯定是着凉了，最近天气还很冷，而她的年纪还太小。

回到家，我给炉子生上了火，然后出去打水回来烧开水。烧水的时候，我用双手搓玛莎的双脚，再给她盖上毯子保暖。水烧好后，我拧干了一条热毛巾，在上面洒了些松节水，然后敷在玛莎的胸口上。我想这样能防止她的受寒更严重。

希普曼太太听说玛莎病了，跑过来想帮忙，可她发现我已经把该做的都做好了，没有什么需要改进的了。

玛莎现在正躺着休息。

天快黑了，爸爸应该很快就回来了。我想他今天应该是和希普曼先生在一起，在湖边伐木头。

1830年12月4日，星期六

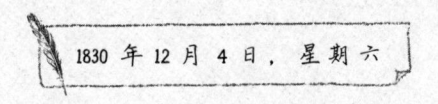

今天早上我来到院子里的时候，一张压在石头下面的纸条一下子就吸引了我的注意。虽然手指头冻得不听使唤，我还是迫不及待地展开了那张纸条。

岩石那里见。

纸条没有落款，但我知道那就是阿萨写的。

哪块岩石，什么时候见啊？说得不清不楚的。后来我觉得阿萨肯定是知道了一些关于我那本写作书的事。难道是阿萨给我拿走的？看起来不像啊。也许是关于书失而复得的事？我知道自己再怎么想也不会想明白的，所以急着想快点儿去见阿萨。爸爸和玛莎才刚刚起床，洗漱，吃早餐，我已经有点儿坐立不安了。见我东摸摸西搞搞，爸爸不耐烦地说："凯瑟琳，你能不能不要一直动来动去的，真让人难受。"爸爸吃的不过是普通的早餐和蛋糕罢了，可他怎么吃了这么久啊！他居然还要吃培根！等到把一切都收拾整齐，我赶紧出发，朝学校赶去。

等我赶到大岩石那里时，天已经大亮了。清晨的阳光加上寒风，让我的脸颊红扑扑的，眼睛迎着风，眼泪都冒了出来。我站在大石头那里不停地跺脚——两只脚轮流着跺——这让我格外体会到了我的鞋底是多么薄，我从来没想过要在这么冷的早晨，这样长时间地站在冰冷的地上呢。阿萨会不会提前到了呢？他会不会不来了呢？我有没有把他的纸条看错呢？最后我听见学校上课的铃声打响了，我不能再等下去了。那一刻我心里充满了屈辱，我迟到了，得从所有同学的面前走过才能到达我的位子。我的脸红得就像夏天的铁匠似的！霍尔特老师没有批评我，他一定是注意到我已经羞愧得不得了了，这就足够了。

到了课间休息时间时，女孩们走出教室，换男孩们进来。阿萨朝我走了过来。"放学以后，还是那个地方见！"说完他就走了。

我还有很多话想说，可是现在写不下去了，一切只有等明天再揭晓。

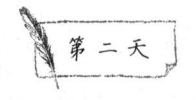

第二天

阿萨准时出现，我跟着他进了树林。他很快便带我来到我曾经看到过怪影的地方，把他发现的脚印指给我看。那些脚印很深，可能是在地面还很松软的时候踩上去的，在寒冷的空气中迅速地被冻上了。从大小来看，很明显那是成年男人的脚印。从脚印之间宽宽的间隔来看，这个人腿长步子大。

"会是谁呢？"我问。

"噢，凯瑟琳，你知道的！肯定就是你看见过的那个身影，不然还能是谁呢！"

"可是这是真正的人的脚印，阿萨。你觉得什么样的人会有这样的——"

"一定是个黑人！不然起码也是个皮肤很黑的人。我觉得，肯定是有个奴隶逃到这里藏起来了。"

"你是说黑奴，阿萨？我们这里以前没有黑人啊，不管是奴隶还是自由人都没有啊。另外，我不明白你说的'皮肤很黑的人'是什么意思。"虽然我试图激烈争辩，可是我知道，阿萨肯定是对的。我接着说："任何从这里走过的人都有可能留下脚印，这跟他皮肤的颜色又有什么关系呢？没准儿只是一个不想签合约而逃跑的小伙子留下的呢。"

阿萨可不喜欢听到我这些胆小的假设，他打断我说："不可能！也许不是可怜的黑奴，也可能是一个贼，或者是罪犯，对吧？他有可能是被判了绞刑，然后逃到树林里躲起来了,对吧？你宁愿是这样的人而不是黑奴吗，对吧？可是这些猜测到底有什么意义呢？"

阿萨的身后就是高大的树木，那个人就藏在树林里，他到底躲在什么地方呢？阿萨说到这里，一动不动地盯着我，我也毫不客气地瞪回去。这时我发现阿萨的眼睛一只颜色深一些,另一只颜色浅一些,以前我怎么都没发现呢?

"不过这也没什么,"他说,"如果他是被冤枉了的话,这就是他重获自由的希望了,以后他就能过上好日子了。"

我听得有点儿云里雾里的!阿萨接着说:"不管他是谁,我敢肯定他很冷,很需要我们的帮助,凯瑟琳,你觉得呢?"

我总算是明白了——阿萨在岩石那儿发现了我的写作书,而且还看到了书上写的那些字。

阿萨的爸爸可没有说过:"把他找出来,送他回去。"

"阿萨,"我说,"我们得回家了。我得好好想一想。"

(我还没和凯西说过这件事,我打算明天和她商量商量。)

第四章 惦记·偷饼·凯西被批评·送被子

> 1830 年 12 月 12 日，星期日

今天我没办法和凯西说那件事，从晨祷到现在她妈妈一直待在她身边。

我老惦记着那个陌生人，任何事情都能让我想起他：出门的时候觉得冷我会想起他来，回家的时候觉得暖和我也会想起来。可让我难受的是，在这件事情上我不知道到底该怎么做才是正确的。

"求求你，小姐，行行好，我很冷。"他是略犯了一个小错，还是一个危险的罪犯呢？我真想找个人来商量一下，可是谁又能给我建议呢？"我很冷……行行好吧。"我真希望他没有到我们这里来，他要是没有打破树林里的安宁，没有在我的书里写那些字，该有多好！

1830 年 12 月 13 日，星期一

希普曼家的饼被偷了。那些饼是在感恩节大餐后被放在储藏室里的，本来是想冻好了保存起来，一直可以吃到来年三月。

阿萨爱吃甜食是出了名的，为此一直饱受诟病。而凯西，她对那怪影一无所知。她观察了阿萨一阵，发现阿萨并未为自己做什么争辩，更觉得就是阿萨干的。我心里非常清楚，这就是那个鬼影子干的。于是我又困惑了，到底怎么做才是对的呢？到底谁能给我一个合理的建议呢？

阿萨的哥哥大卫注意到了雪地里的脚印和阿萨的靴子不一致。但是阿萨主动承认了罪行——我敢肯定他这是为了保护那个影子——阿萨的爸爸揍了阿萨一顿。他爸爸说，昨天的雪下得那么大，再加上有风，保不准雪地里的脚印会改变形状。"而且，"他说，"类似慈善一样，偷东西这种事也是从家里做起的。"

1830 年 12 月 14 日，星期二

今天的天空一片蔚蓝，可是这蔚蓝的天空仿佛是在嘲弄我似的，我真是绝望极了，我恍然大悟。本该开开

心心的心情再次跌入湖底。我狠狠地伤害了凯西,她都不跟我说话了,这种事情以前从来没有发生过。

这一切是因为还没等我找到机会,阿萨就抢先把我们在树林里发现的秘密告诉了凯西。我刚走进学校校门,就知道凯西有多么反对这件事了。她看着我,眼神里全是困拢,充满了不满。

在教室里坐下后,我脑子里一片乱麻,根本听不进老师的讲课。难道我要无视爸爸和凯西的意见吗?我觉得我不能那么做。可是我又怎么能拒绝阿萨和那个陌生人的请求呢?爸爸和凯西的意见从来都很有道理,可是那个陌生人又是那么需要我的帮助,我该怎么办?

霍尔特老师站在他经常站的位置上,在黑板上给那些最小的学生写下了今天要背的格言,全部都是一些单音节词。

他写的是:"要雪中送炭。"这话就像是专门给我解决难题的,我的心怦怦地跳了起来!我伸手戳了戳坐在前排的凯西,她轻轻地点了点头。

接着霍尔特老师又在这句金句下面写道:

"要说实话,不说谎话。"

看到这儿凯西转过头来,又伤心又责怪地看了我一眼。我忘了还在上课,大声地为自己辩解:"可我又没有说谎!"

霍尔特老师听到了!我飞快地正襟危坐,凯西被老师抓住了。

"你以为，希普曼小姐。"霍尔特老师奚落地这么称呼她，"你以为，希普曼小姐。你以为是你还是我，或是别人，已经优秀到不需要这些简单的课堂学习了？你错了！就是因为这些东西简单，所以才会一直流传下来，一直流传，直到永远。我要罚你把这句话抄写一百遍，这样你才能记得住：教我按照您的吩咐去做。"

凯西，我们当中最纯洁的凯西，居然被这样严厉地羞臊了。这一天过得实在是太慢太慢了。在这种情况下，我不敢有任何轻举妄动，大气儿都不敢喘，这真是比老师给的任何惩罚都更具惩罚性。

现在我觉得凯西那么说是对的，我隐瞒真相其实就是在说谎。凯西总是听话又善良，她一开始就意识到了，而我和阿萨这么慢才意识到这个问题。

在回家的路上，我一直走在凯西的旁边，小心翼翼地跟着她的步子。我多希望她能看我一眼，这样我就可以对她回以微笑了。可是她一路都非常安静，一点儿动静也没有，一直到他们家门口，她也没有说一句话。

凯西！凯西！你想听听你的朋友想说的话吗？凯西，你能原谅我吗？

噢，明天早上我就去坦白一切，你还能接受不配接受你原谅的我吗？

1830年12月16日，星期四

凯西说："原谅我，凯瑟琳。"

"不不，该请求原谅的人是我。"我祈求着。

最终，我们一边哭，一边说出了彼此的心里话——我本来已打算接受她的意见，可是在彻夜未眠之后，她又选择支持我的决定了。这样的逆转让我们连微笑都变勉强。当最终我们又说话的时候，凯西几乎是耳语着对我说："善良是最大的美德——我千万不要忘记这一点。只要对别人来说是善良的事情，我就要尽量去做。像你一样，凯瑟琳。"

1830年12月17日，星期五

今天下午，我和凯西挑了一床我妈妈留下的被子。虽然有点儿旧，有些地方还破了，可这条被子还是很暖和。这就是我们对那个逃难者请求的答复。（那个人在我的书上写下那句话时，他知道我被放在我妈妈的位置上了吗，尽管我还是个孩子？如果他知道，那他是否是本地人？是上帝指引他的双手写下那句话的吗？）我们尽量把被子卷得小小的，在里面塞了一些香肠和苹果。穿过希普曼家的房子，我们来到大路上，从那儿一直走

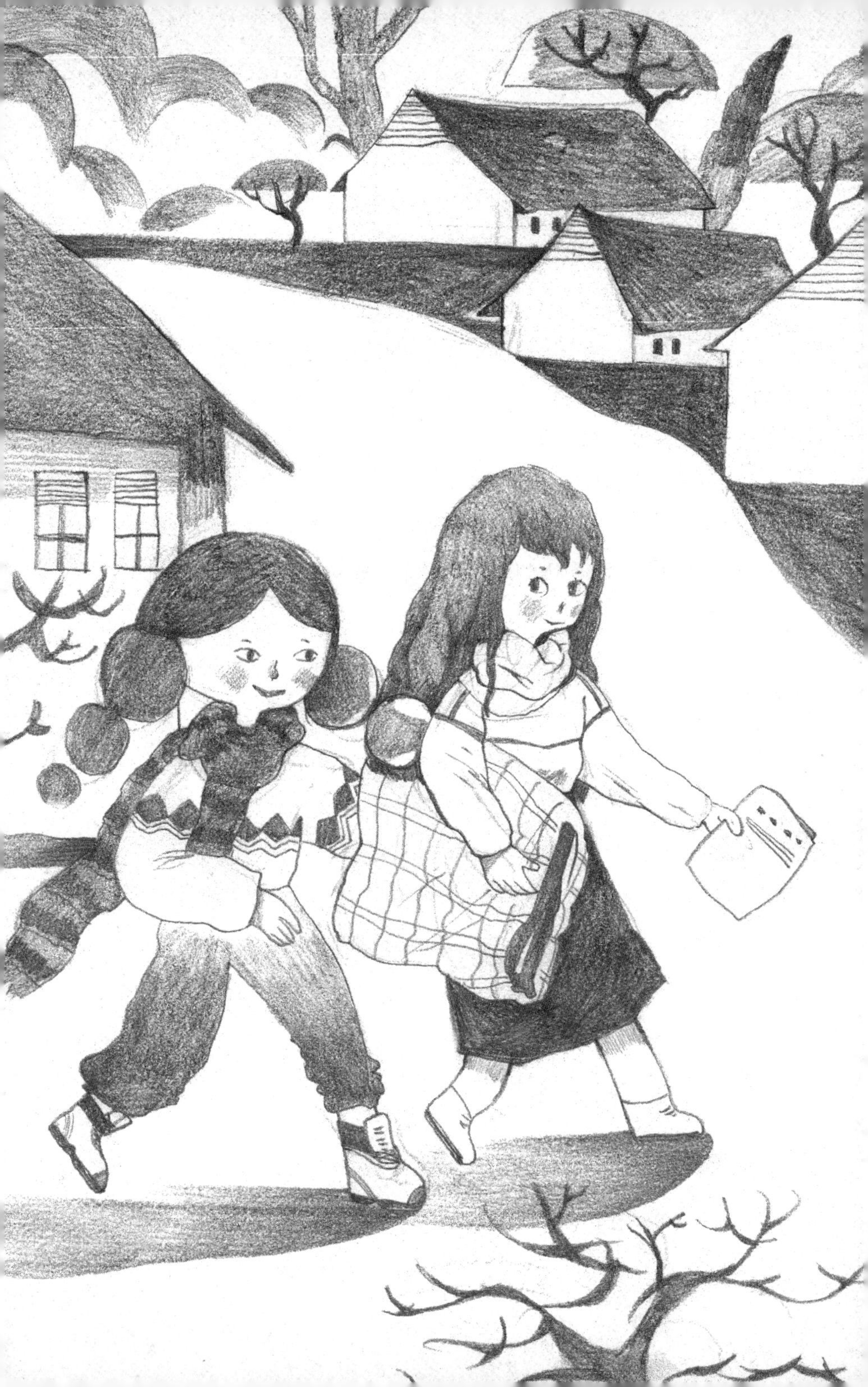

到鬼影石那里。（阿萨有一天给那块大界石起了这么个绰号，于是我们就叫它鬼影石了。）

按照计划，我带上了那本决定命运的写作书。我已经想好了，要是被邻居撞见问起来，我就说要去树林里找棵树写生，凯西来陪我，为了不挨冻，她还特地带了一条被子。这真是一个不错的借口，我和凯西都觉得很可信。带写作书的第二个目的是，万一我们遇见了那个陌生人，他能够立刻明白我们的意图，不至于伤害我们。

一如往常，树林里又安静又寒冷，唯一的声音就是树枝被冻裂后相互碰撞的发出的咔咔声。我们顾不得什么写生，也没有发现任何人的踪迹，就开始了我们的计划。

之前，阿萨在树林里发现了一个地方，那里有生火后留下的灰烬，也是他发现那个逃难的人留下的足迹的地方。当我们离开那个地方的时候，我只回头看了一眼。我永远也忘不了那块清冷的冬日里的空地。我们把那条被子放在一棵树下，仔细叠好故意显露出一块大红色。那也算是我们的问候——那么闪亮的颜色，也代表着温暖，是那个荒凉之地唯一的人造之物，或是外来之物。

阿萨在门口等着我们。"你们送去了吗？"他压低了嗓音问。"送去了。"我们回答。突然之间，滚烫的眼泪夺眶而出，我的脑海中又浮现出了那块红布，又想起了妈妈给我讲故事的声音。"灰色的那一块，"妈妈曾说，

"以前是件马甲。土褐色的那块呢,是我爸爸的裤子。那几块红布有点儿旧了,是战争过后从一件粗麻布衣服的后襟上裁下来的……"

"好啦,好啦,凯瑟琳。"阿萨劝我。他一步一步挪过来,抓起我的披风边缘,替我擦去了眼泪。

1830 年 12 月 18 日,星期六

今天的面包烤得煳了点儿,豆子都没怎么煮烂。"现在谁还会喜欢你呀?"爸爸开我的玩笑。(要是让爸爸知道真相,知道是什么让我心不在焉,会怎么样呢?!)

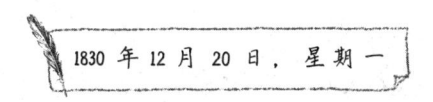

1830 年 12 月 20 日,星期一

就算我再惦记那个怪影,也不敢再到树林里去了。昨天有一棵树裂开了,天气异常寒冷,霜冻也很严重。一阵爆炸的声音让我的心跳几乎失控——我肯定那是枪声,我的怪影人被发现了!

第五章 滑冰·圣诞节·棉被·新年·大雪

1830 年 12 月 23 日,星期四

听说就连维尼皮苏河都结冰了。每天下午放学以后,年纪大点儿的男孩就会到结冰的池塘上去练习滑冰。他们夸口说,当他们口渴的时候,只需要滑到冰面的边缘一低头就能喝到水。这在北边是有可能的,因为北边的地下有暗河,冬天的时候会从冰下流到湖里去。"冰水很清凉哦——"

我告诉爸爸男孩们练习滑冰的事,还说了我觉得他们很蠢,怎么能在冰层那么薄、那么危险的地方滑呢,好像为了解渴可以连命都不要了。爸爸听了只是笑几声,揉揉我的头发。"我说,小姐,我小时候也是那样的,现在不是也好好地活着在跟你说话吗?"我想要是我也去滑冰,他就不会说得这么轻巧了。

> 1830 年 12 月 24 日，星期五

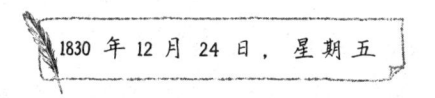

今天早上，我到厨房去的时候看见了爸爸写的纸条，他的字写得真好：

> 发现他人的缺点不需要什么洞察力，而承认自己的不足却需要足够的谦逊。

在这句话下面，是爸爸随意画的一幅素描，画的是一个在快乐滑冰的人。落款是大写字母 C.H.，我和爸爸的名字的缩写都是这个。

> 1830 年 12 月 25 日，星期六

今天冷极了，屋里仿佛集聚了一个星期的寒冷，冷气就像被关得太久的野兽，现在终于被释放出来，便一股脑儿地扑到了我们身上。我们已经穿上了最厚的衣服，可还是不顶用。椅子冰凉冰凉的；还有地板，明明铺得结结实实的，走上去的时候还是发出叽叽嘎嘎的声响。

中午准备吃午餐的时候，玛莎帮我摆好了桌子。

我们有昨天烤好的面包，几杯苹果酒，还有我在十一月就做好了、冻起来存在储藏室里的自制好汤。我们美美地吃了一顿，感谢老天，现在屋里终于暖和起来了。

1830 年 12 月 27 日，星期一

今天早上，再次觉得看见了怪影人的时候，我吓了一大跳！这次证明那活脱脱就是个怪影！——透过风雪，"它"隐约看着像是树根直立了起来，在风小的时候就显露出来。

阿萨承诺一有机会一定要去树林里看看棉被被拿走了没有。在过去的两周里，时不时传出有人家被偷了东西的消息，那贼还挺客气——东家偷一只鸡，西家偷几根干柴火，还有希普曼家最大块的馅饼。我们三个都觉得应该是怪影人干的，不过我们什么都没说。

有一次，我问阿萨他挨的那顿打是不是很疼。"皮肤很快就凉下来了。"他满不在乎地耸耸肩说，"我情愿自己挨顿打，也不要通过否认自己干过而拿别人的生命去冒险。"

1830年12月29日,星期三

我们给怪影人留的棉被不见了,那些脚印连同别的一些痕迹也都不见了。阿萨昨天去了趟树林,回来以后给我们说了这些情况。他觉得那些脚印应该是被抹去的——有可能是用原木,也有可能是用石头——不管怎么说,怪影人提高了警惕,而且已经不见了!

听了阿萨的话,我松了一口气。我感觉自己的脚步轻松得都要飞起来了,在过去的这几个星期里,我真是紧张得要命。

我想他一定是去了别的地方,一定已经悄悄地穿过了冰冻的大地,去了一个我们都不认识的地方。

"但愿他能搭上安全的交通工具,"我祈祷着,"平安地结束他的逃亡。"

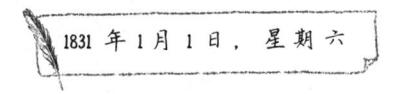

1831年1月1日,星期六

今天阳光明媚,天朗气清——美好的新年第一天。雪飘进了前院,在太阳和寒气的合谋下变成了亮晶晶的冰壳。往年这时候的雪下得更大一些,不过今年的气温是最低的。

"依次逐个向后转!现在你们看着我做饭,我们要准备晚餐啦!"爸爸说着,宣布新年假期到了!

我和玛莎在一旁看着爸爸,看他用那双做惯了粗活的手拿着女人们的厨具笨拙地做饭,我俩都乐得合不上嘴。

吃过晚餐,我开始写日记。我叫玛莎织毛衣,因为她这会儿蜷着身子躺在靠背椅上,手里没有活儿,也不去睡觉。她是不愿意一个人上楼去的,尤其是在天黑以后。于是她就在那儿等着我,直到我合上日记本。然后我俩一起上楼,轻轻地跟爸爸道了晚安。我知道,当我们跪下来祈祷的时候——我们祷告得很快,因为地板实在是太凉了——我们一定会听见爸爸在楼下起身的声音。他要去熄灭炉子里的火,他总是全家最后一个休息的人。

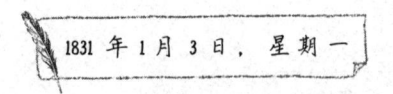

1831年1月3日,星期一

今天,在学校,霍尔特老师给我们读了报纸!

1831 年 1 月 5 日，星期三

今天早上，我摔破了一把汤匙。现在我们一共有六把汤匙要修补了（其实我们全部的汤匙也只有这么多），补锅匠来的时候可有的忙了。冬天才过了将近一半，我就已经开始企盼春天来临了。

1831 年 1 月 6 日，星期四

昨晚下了场大雪。屋前的窗台上堆满了雪，屋后的雪堆得更高，风把雪从小山上刮过来，都盖过窗台了。要把通往谷仓的路上的积雪清扫干净，可真不是件容易的事情！爸爸说他有时候会想，要是当时盖房子的时候把谷仓修得再近一些就好了。

"要是依我的话，我就会把谷仓建得近一点儿，可你们的妈妈强烈反对。她说那样不美观，而且要是修得太近，就不能利用中间那扇门前面的花岗石平台了。"

爸爸曾经说："你们的妈妈总是很任性，就像个小孩子！大多数时候她都任性得很。"

很难想象我出生之前的时光，那时的爸爸和妈妈还很年轻，他们在一起有多么快乐。

第六章 算术·写作课·暴风雪·赶集

1831 年 1 月 7 日，星期五

凯西、阿萨、玛莎还有我放学一起回家。阿萨一路上都在大声抱怨，说为什么男生要学那么难的算术，而凯西和我因为是女生就只需要学最简单的运算和前四条定律，他认为这样太不公平。

我们本来想去滑雪，可是希普曼先生要阿萨回家帮忙，而且不一会儿天也就黑了。

1831 年 1 月 10 日，星期一

上个星期老师给我们读了报纸，今天他没有讲课！为了提高我们的写作能力，霍尔特老师让我们自己选题目，写一篇文章。

阿萨选的题目是《懒惰呆瓜学校受罚记》，他写的时候时不时就笑出声来。凯西选的题目是《突如其来的热情难以持久》，我选的则是《远亲不如近邻》。我写这个题目本来是想赞美一下凯西，可在写的时候，我的脑海里一直闪现着怪影人的影子。仿佛我和他一起逃跑了，越过那茫茫的雪地，最后会到达什么地方呢？"不行不行，我不能走！"在我的想象中，我已在号啕大哭，而回应我的只有那呼啸的风。

1831年1月13日，星期四

过去的三天都在下大雪，我们被困在屋子里。今天刮起了大风，把雪卷得纷纷扬扬的，几乎都看不见谷仓了！只能看到篱笆桩子的顶端,每个桩子上都覆盖着雪，像是戴着一顶帽子，那样子又滑稽又古怪。大雪阻断了道路，只有等雪停了我们才能把路清理出来，在此之前无法去上学。虽然待在家里也有活儿干,可毕竟不一样，简直就是半放假状态。

我今天给爸爸改了一件衬衫，还教了玛莎怎么织袜子的脚后跟。以前我就教过她，可是她没记住。爸爸搬了几根木料进来，这些木料晾得很干，纹理很搭。其中

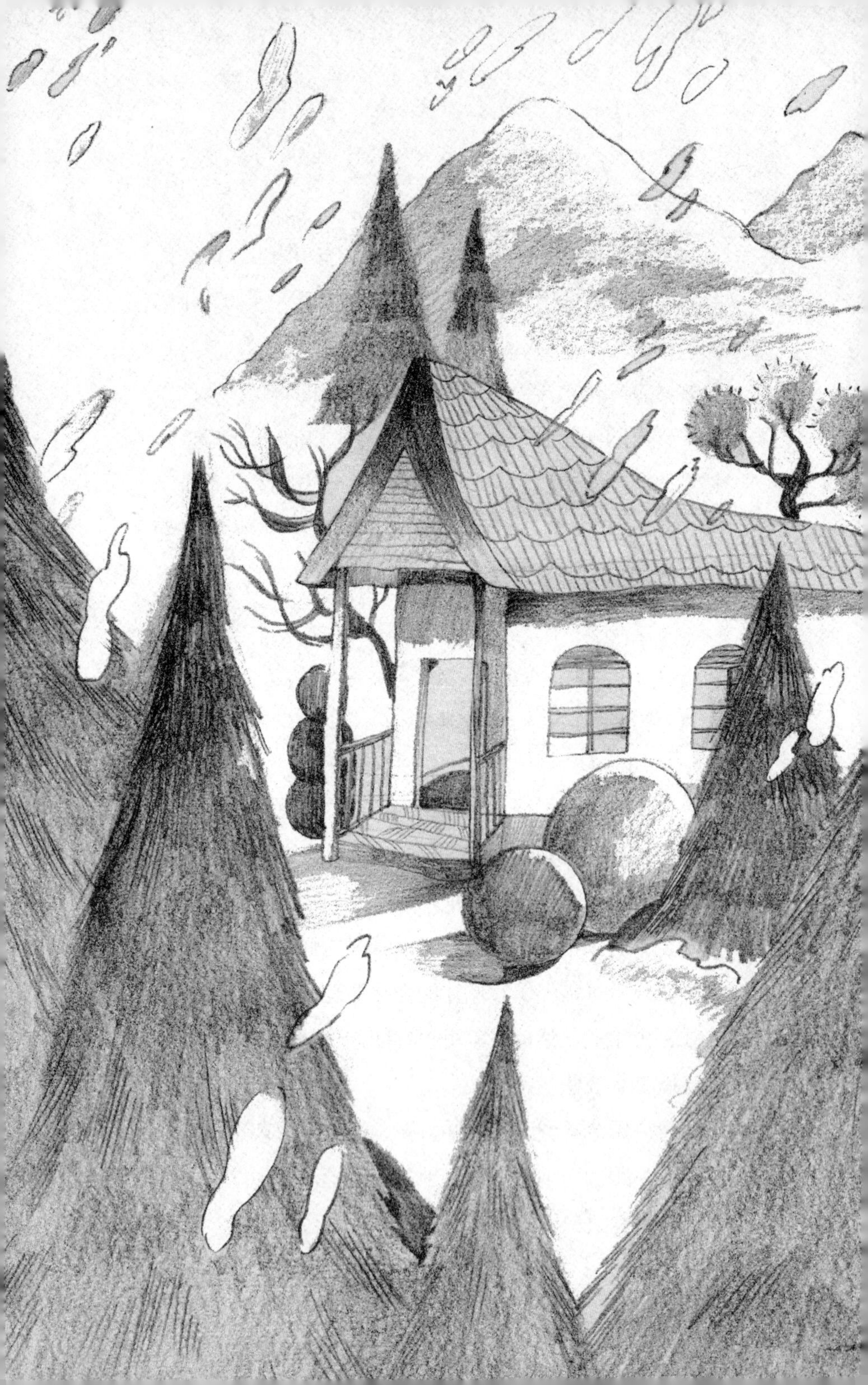

有几根木头是雕刻过的。我问爸爸准备用这些木头来做什么,他回答说好几年前就想做一把椅子。"是想给你们的妈妈做的椅子,那时候她还没有生病……"然后他就不再说了。

1831 年 1 月 14 日,星期五

今天中午,暴风雪终于减弱了,到黄昏的时候,小山丘一样的白雪上露出了几块灰色的影子。爸爸说明天就可以清理道路了,要是天气不是太糟糕,我们也可以和他一起去。

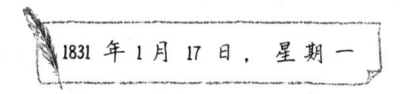

1831 年 1 月 17 日,星期一

今天早晨,为了保暖,我们把自己里三层外三层地裹成了圆滚滚的、滑稽的"大狗熊"。要是露西姨妈在这里,肯定不会同意我们穿成这样的。我穿了两条裙子和一条羊毛衬裙,外面套了两件爸爸的衬衫,最外面是大披肩。玛莎一直在抱怨衣服太厚了,胳膊都弯不过来,这不,她又喊上了:"凯瑟琳!我痒!"

"痒总比冷好啊!"我一边说一边擦掉窗玻璃上的

霜花，这样可以看到外面的路。屋里和屋外差不多冷，我们今早炉火都快灭了——那点儿火只够做早餐的——现在火已经封了，等我们回来后再拨大。

爸爸去谷仓了，他又得重复每天的铲雪和道路清理的工作，因为雪每天都会被风吹得堆集很高。爸爸已经把那些牛打理好，牵到院子里，准备出发了。我们的院子也因为大雪的缘故显得小了许多——我们每天只把需要用到的那一小块地方给打扫出来。

早晨的时候，牛呼出的气像白白的云朵一样，爸爸挤在牛群中间取暖，不过他还是得不停地动来动去——天气实在是太冷了。

又有人赶着牛过来了。我们最先看到的不是牛，也不是赶牛的人，而是牛呼出来的气。之后牛和赶牛人才会出现在视野里。那些人在牛群的两边，一边走一边铲雪，把雪扬洒在路两边和雪堆上，所以雪在不停地扬洒飘散。他们的身后是大理石般白茫茫的路，还没有人把路面弄脏。湖面和湖岸也是同样的洁白一片，看得人眼睛犯晕！

我们看见六支赶牛队伍已经就位了。希普曼先生排在最后，还有四家人要来，加上排在希普曼家后面的我们家，一共有十一家人，而牛的数量一共是二十二头，比人还多！

我们本来以为自己会是最先到达霍尔德尼斯的人，

却沮丧地发现别人早就到了。

大家善意地开着玩笑："是不是睡过头啦？在家熬糖耽误了吧？要不然就是只顾着铲雪啦？"不管怎么回答，答案都会被笑声所淹没，紧接着又是新一轮的玩笑。

小酒馆很快就挤满了人。我们不是最先到的，也不是最后到的，人们从四面八方赶着牛都过来了。最远的是从考利其路那边过来的，最近的来自谢帕德山。我们则是从考科波拉过来的，不远也不近。玛莎一眼就看见了我们的杰克叔叔——夏天的时候他经常来家里做客，可是冬天我们很难得见到他，一来路上难走，二来天也黑得早。

杰克叔叔说，新罕布什尔的这个冬天有可能会一直持续到7月4日！

今天，我一度担心玛莎走丢了，好在她很快就回来了。她是被一个醉醺醺的陌生人给送回来的，那人兴高采烈地说（反正在我看来他是这样）："这是您的小孩，女士。"

我们一直在那儿待到了午后。回家的路基本是上坡路，一路上我们都非常开心——路面已经被清扫干净了，我们一边走一边分享着在镇上看到的新鲜事。

到家的时候天已快黑了，家里非常冷。爸爸让火重新烧旺，然后拿着斧子去取了一些我们冻起来的汤，这样当他做别的事情的时候，我们就可以热汤了。

就在这时，敲门声提醒我们有客人不请自来了！原来是霍尔特老师！他在路上被这样那样的事情给耽误了，眼看着天快黑了，可他离家还有很远的路。

爸爸拿着斧子回来后，很快又去多取了些汤，现在汤已经在锅里咕嘟咕嘟地烧开了。屋子里慢慢地溢满了好闻的香气，我觉得自己几个星期以前所做的那些准备工作得到了最大的奖励！我们吃着面包，咂着苹果酒，喝着热汤，对了，还有坚果和苹果。为了让客人不至于觉得晚餐太寒酸，我特地拿出了我们的锡制餐具，而不是平时用的木碗。

霍尔特老师现在在和爸爸聊天，他今晚会住在这里。我们没有像样的客房，不过老师说他可以睡在楼下的炉火旁边。

第七章 有色人种·巴洛刀·害羞·吓人的谣言

1831 年 1 月 24 日，星期一

你肯定猜不到现在有多少人生活在新罕布什尔州——一共有 269533 人！

霍尔特老师今天早上给我们看了 1 月 8 日那天的《美洲哨兵报》，是他的朋友——一位名叫加里森的先生从波士顿给他寄来的。

报纸上还有些别的关于新罕布什尔州人口的消息：

……在过去的十年间，人口增加了 25372 人。其中白人男性人口共有 131899 人；女性人口共有 137511 人；有色人种人口 623 人；聋哑白人人口 136 人……失明人口 117 人。

失明会是什么感觉？今天在放学回家的路上，凯西和我讨论了关于失明的问题。我们俩试着闭上眼睛走路，想体会一下看不见的感觉。我们跌跌跄跄的，死死地抓住对方。但是我们都心知肚明，一旦我们决定必须得挣开眼睛时，我们就可以睁开眼睛。

于是我们得出了一个结论——有时候苦闷之所以成为苦闷，并不仅仅因为客观条件受限，还因为人没有别的选择。

那么有色人种又是怎样的体验呢？就是奴隶的意思吗？我觉得奴隶或许可以等同于完全服从吧？可凯西说不是，她说服从是自由的，人越是自由地屈从，才会服从得越好。

这样说来，在新罕布什尔州就有六百多名"自由"的有色人种啦？我没想到居然有这么多！要是我的鬼影人还在这儿，算上他的话就又多了一个了。

全美国现在有 24 个州，一共有 1300 万人口，绝大多数都居住在波士顿、费城和纽约这些东部城市。

1831 年 2 月 10 日，星期四

因为不是感冒就是发烧，我已经好几天没写日记，也没有去上学了。我好不容易退烧了。凯西每天都来看我，我抓紧时间补习写作和拼写。

今天玛莎满八岁了，她真是一个贴心又可靠的孩子。我真希望妈妈能再看一看玛莎。妈妈去世的时候玛莎还很小，她甚至不记得我们还有过一个叫纳撒尼尔的弟弟，弟弟在世上只活了很短的时间。

弟弟的出生让爸爸很开心。每一个农场主都想要儿子，更何况爸爸已经有了两个女儿。听爸爸和摇篮里的弟弟说话是件很有意思的事情。弟弟还那么小，根本就不认识爸爸，也不知道爸爸絮絮叨叨地在和他说什么。我还记得爸爸跟弟弟说话时的样子，仿佛觉得弟弟完全能听懂他的话。有一次我听见爸爸对弟弟说，要把他的巴洛刀送给弟弟——其实那把刀是爸爸小时候的"宝贝"，他一直保留着就是为了传给儿子。一定是因为我的表情太吃惊了，妈妈当时就对爸爸说："等他长大了再给他。现在，查尔斯，要耐心一点儿，等时间到了再说。"我想我之所以把妈妈的话记得这么清楚，是因为在那之后没多久妈妈和弟弟就都病了，离开了我们。时间没有等我们。

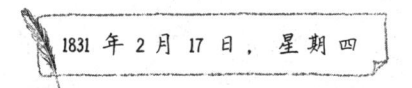

1831 年 2 月 17 日，星期四

霍尔特老师又带了一份报纸来学校，那是他在波士顿的朋友加里森先生月初创办的。加里森先生将他的这份报纸命名为《解放者报》，主要关注奴隶制的问题。

报纸的宣传口号是："世界就是我们的家，全人类都是我们的同胞。"

霍尔特老师平静地念出了这条口号，接着用粉笔把它写在了黑板上。我们照抄了下来，记在脑子里。然后霍尔特老师又让我们背诵了一首诗（也是印在报纸上的），诗歌的作者所表达的意思是他宁愿自己被奴役，也不愿眼睁睁地看着残酷的枷锁套在别人的身上。我想到了阿萨，他为了那些被偷走的饼而挨了打。我没听见阿萨说话，不知道他现在坐在教室的什么位置。

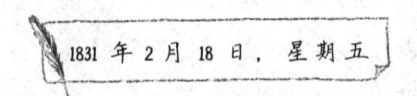

1831 年 2 月 18 日，星期五

今天凯西和索菲都没来上学，放学路上只有我、阿萨和玛莎。一路上我都想对阿萨说，对于他当时替人挨打的事我有多么崇敬，可是我们一下子就走到家了，一直到他家门口我都没能开口。我居然害羞了，对阿萨·希普曼害羞了！我总和他一起玩，他就像我的哥哥一样。事实上我一直就把他当成哥哥，在某种程度上，他跟我比跟凯西还要亲近……

去年夏天我纺了不少纱线,爸爸在冬天的这几个月里用这些纱线织成了布。因为要织布,还要修理犁田弄坏了的耙子,爸爸没有时间做那把椅子。尽管如此,爸爸还打算做一个烛台。爸爸说:"我们已经很久没做新东西了!如果一个男人不够仔细的话,就会陷入一种决非其本意的生活状态当中。是的,我们要做一把椅子,还要做一个烛台,放在北边的窗户下面,旁边再铺上一块喜庆的地毯。凯瑟琳,我的女儿,你觉得怎么样呢?可是谁来织地毯呢?"

然后他哼着一首老掉牙的曲子,吹着口哨出去了。

他是要我回答吗?(我觉得不是。)那他觉得我能说些什么呢?

1831年2月20日,星期日

教区里有人对霍尔特老师在上课时间给学生看波士顿的报纸这件事非常不满。他们说:"阅读、写作,还有算术,这些才是他该注意的事情,他应该教的也就仅此而已。"

紧接着,一个更吓人的谣言传了开来。这个谣言让我很害怕,简直不能面对。显然别的人也在派博家的树林里发现过脚印,对此早有怀疑。现在,他们通过种种迹象得出了结论，认为霍尔特老师就是那个暗中帮助逃奴的人！其实我们很容易就能帮霍尔特老师洗脱罪名，可是我们谁又都不敢那么做。天哪！到底还有完没完了！怪影人事件都已经过去了那么久，居然还有遗留影响。尽管那些写在我书上的恳求的话语毫无来由，又确凿无疑，现在居然有了回应了。

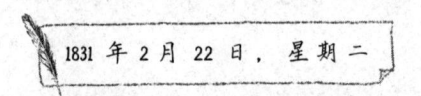

1831年2月22日，星期二

杰克叔叔来家里了。自从上次在集市上遇到他后，这还是我们第一次见到他。他也听说了关于霍尔特老师的谣言。他和爸爸都不支持蓄奴制度，但他俩的意见还是有些不一样。爸爸是觉得奴隶们应该重新安置，或是在非洲，或是一个新建的国家，而杰克叔叔则认为，既然他们也是自由人，那就应该是自由的，和任何人一样自由。

"可是，你能想象，"爸爸接着说，"你的邻居是个黑人吗？或者在决定城镇政务的时候，黑人也来掺和？"

求求你了，小姐。

行行好。

我冷。

1831 年 2 月 23 日，星期三

冒着天下之大不韪，霍尔特老师再一次把波士顿的报纸带到了学校。这次是一则商品售卖广告，最开始登在南方的报纸上，加里森先生把它重印了一次，目的在于唤起那些北方消息迟滞的人们的注意，让他们看看南方人到底都对施加在黑人身上的暴力采取了怎样的纵容态度。

售卖信息

兹有黑人女奴一名，现年十七岁，性格温良，恭顺服从。擅长家务，全年无休。有意购买者请联系……

十七岁，比学校里最大的学生只大一点点。如果我们生下来就是奴隶，而不是自由人的话，那么我们会怎么样呢？难道黑人女孩就不会爱，也不会害怕了吗？难道她不爱自己的爸爸和妈妈，不害怕身边那些事情的改变？我以前从来不曾从这个角度来考虑过这些问题。

报纸是 2 月 5 日的，我真想知道在这个女孩身上后来发生了什么，现在她又在哪里。

年轻人与恶魔的对话

醒来，起来，看看你所拥有的。

你的生命，如一片树叶；你的呼吸，似一阵疾风。

入夜，你躺下，准备好去迎接

你的安睡，你的死亡，你的卧榻，你的坟墓。

（摘自我们的《拼写书》，第36页）

下面这些文字，摘抄自我们的老师写给教区的一封信。信是凯西·希普曼给我看的，他爸爸今年是镇上的行政委员。

邻居们、朋友们、雇主们：

我遭到两项无端指控：第一，有人说我曾协助一名黑人逃奴，他藏在我们附近的树林里。第二，有人说我擅自利用上课时间，给我的学生介绍了一些不该介绍的东西，包括报纸。

针对第一点，我唯一想说的是我根本就没有做过那样的事。不过对于有人帮助过逃奴，我觉得非常值得骄傲，也十分乐见其成。

不论这个帮助过逃奴的人的态度预示着什么，也不管他的梦想在激励着人们什么，我想让你们弄清楚的是，你们的学校老师都不是同谋。

关于第二点，我确实是做了你们所反对的那些事，我保证不再做了。我所做的一切都是出于好意，我认为，作为一名教师，我的责任也包括对学生进行品德和思想教育。在一个基于自由建立的国度里，每一个人的自由都应该被验证、评估和讨论。这个问题不管是一年，还是十年，抑或是永远，都应该被持续关注。

当然，这样的教育方式也许并不是你所喜欢的。作为老师，我很遗憾让你们失望了。出于我的职责考虑，诚心恳请你们让我留下来。

你们忠诚的仆人 E.爱德华·霍尔特

第八章 冷漠·挨打·爸爸的椅子·生日·枫树汁

1831 年 2 月 26 日，星期六

说道说道可以让人暂时忘记寒冷，凯西的妈妈说，每年冬天都会因为一场争论而让寒冷有所改善，几乎每年冬天都会。凯西的爸爸问："这叫什么来着？热门话题？"说完他眨了眨眼睛，有点儿开玩笑的样子，算是给这事下了个结论。

现在，霍尔特老师不得不找新的住处了，因为之前租房给他住的马家是第一个跳出来激烈反对他的。希普曼家提议可以给老师提供住处，不过希普曼家是要收费的。马家人说他们并没有错，应该得到全年的房租。

爸爸说，如果新英格兰人关心钞票胜过关心良心，那我们就别指望我们的国家能够井然有序了。

> 1831 年 2 月 27 日，星期日

今天，霍尔特老师和希普曼一家一起做祷告。

爸爸说，做好那把漂亮的枫木椅子后，就不做烛台了，他想再做一把椅子，凑成一对。他开玩笑地说："这把椅子应该也想要个伴吧？就和人一样。"

> 1831 年 3 月 1 日，星期二

教区代表团去了希普曼家，霍尔特老师的事情差不多快解决了。从今往后，在学校里我们就只能读教区同意的读物，而马家得到了一半的租金，另外一半归希普曼家所有。这样一来，希普曼家就亏了不少，于是霍尔特老师恳求凯西的爸爸说，他会帮他们犁地、种树来弥补。

希普曼家的人很高兴，毕竟对于一户农家来说，有多少帮手都不嫌多，更何况还能收到一笔钱呢。而且，尽管露西姨妈来访，他们家肯定还有多余的房间。

我倒是希望霍尔特老师能到我家来住，不过我没敢提出来。

天气好像又暖和了一些。阳光透过那些仍旧光秃秃

的树枝照射下来，雪开始一点点地融化了。凯西说，她看见了两只知更鸟——这还是开春第一次看见。我们这儿的老规矩是，谁第一个看见知更鸟，谁就会有好运。不过我觉得，有春天就足够了，美好的春天是属于我们大家的。

1831 年 3 月 9 日，星期三

多么欢迎你，
美丽的小鸟，
伫立枝头的小鸟。
我不求金也不求银，
因为春天就是我的财富。
　　　　——凯瑟琳·康博·霍尔

1831 年 3 月 11 日，星期五

约书亚·尼尔森又因为读书时打瞌睡而被揍了一顿。我觉得要是我的话，早就羞愧死了，可他竟一点儿也不在意，挨打之后甚至还咧嘴笑了一下。

"这到底有什么用？"我跟凯西争论着，"害怕的人尽守本分避免责罚，那些不怕挨打的人却能什么都无所谓！"

有时候我们会想以后当老师，不过只想在夏天学校雇女教员的时候当。我妈妈在结婚前就是位老师，她以前给我讲过她是怎么遇到我爸爸的。当时妈妈住在离爸爸家不远的一户人家里，比起镇上给她安排的这家粗鲁的房东，妈妈更喜欢和爸爸待在一起。

1831 年 3 月 12 日，星期六

爸爸的椅子今天完工啦！这把椅子可好看了，看得出爸爸是费了心思做的，慢工出细活。我们把它放在东北角的窗子下面，坐在那儿，早上晒得到太阳，晚上还能就着炉火取暖。

玛莎恳求第一个坐上那把椅子，她当然得偿所愿了。当她把脚放在椅掌上时——那里还从没有被人踩过——我已经能想象出这块光滑的木头有一天被踩走形的样子了。

昨天我忘记把放学以后我又返回学校遇见的事记录下来了。当时霍尔特老师正坐在讲桌那儿，学生们的位子上坐着七八个年龄较大的男孩子。这好像已经司空见惯了。那群男孩里有阿萨和戴维，还有普利斯顿家的大儿

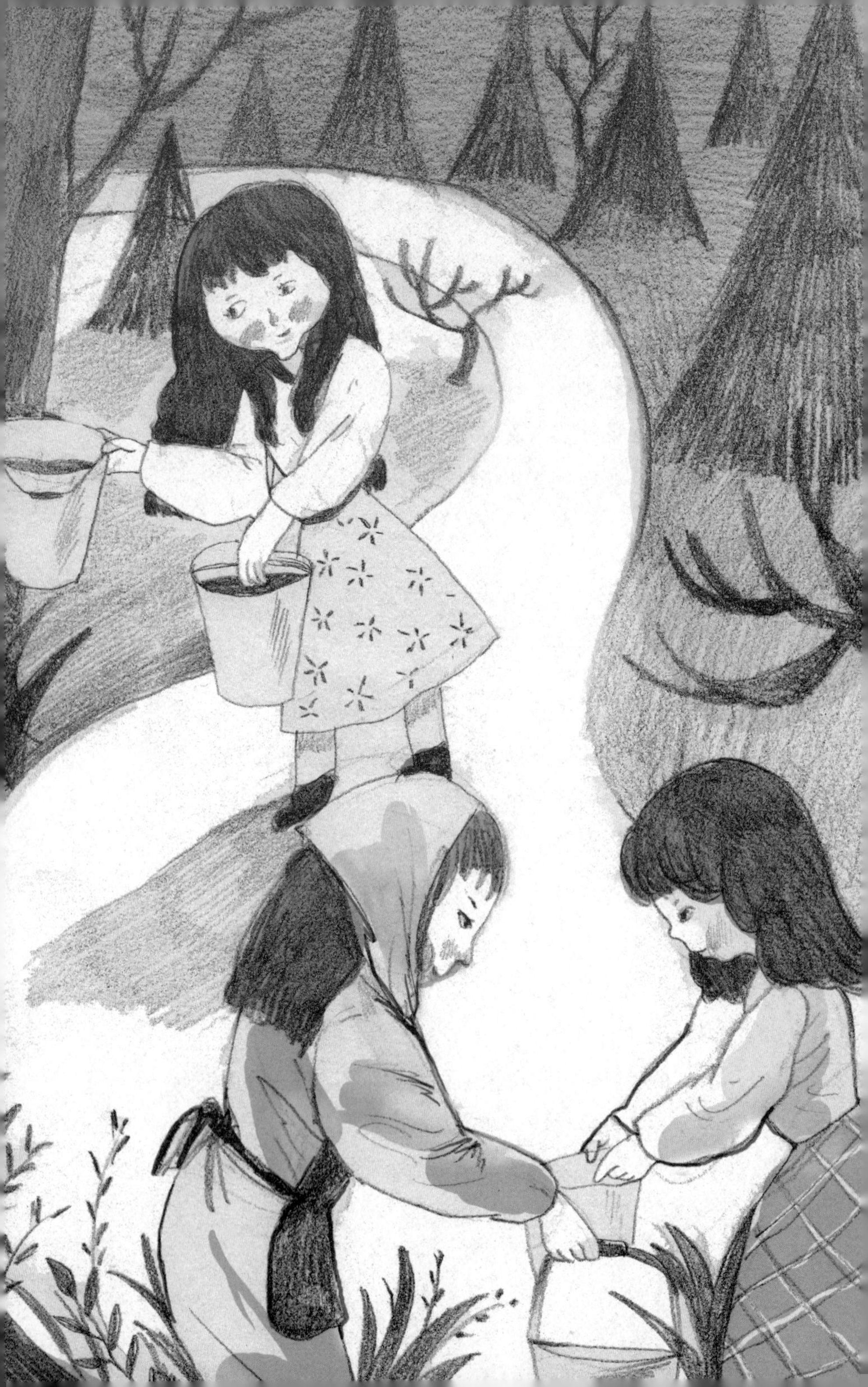

子。虽然坐得比较隐蔽，我还是一眼瞥见了约书亚·尼尔森。他正全神贯注地坐在那里，长腿弯曲，膝盖抵着前面的矮凳子，两只手撑着脸颊。霍尔特老师正在说着什么，面前摊开的是加里森先生的报纸。他看见我的时候稍微停了一下，问我有什么事，然后便继续讲解，丝毫没有难为情的神色。

我把这件事告诉凯西，她说其实大家心里都很清楚，怎么就你不知道呢？霍尔特老师只说保证在上课时间不教大家那些教区不同意他教的东西，放学以后的时间就是另一回事了，至少他是这么认为的。这样一来，他既遵守了和教区之间的约定，自己的思想和价值观也没有妥协！教区也许不喜欢他的做法，但也拿他没办法。

1831 年 3 月 17 日，星期四

人们说背阴的树通常比较多汁。我们最喜欢这句话了，每年开春再次听到这句话时，就马上把水桶拿出来用开水煮了，这些桶马上就能再次派上用场了。一个个桶都在屋子南面的阳光下挂着，那影子看着真让人高兴，再没有什么比那些影子更能预示春天的到来了。

院子里和路上还有很多泥泞的地方，不过在树林深处就只剩下最后的一点儿雪了。明天大家就要把牛赶到那个地方去，他们还会把木头拖到那儿，用来清理出一条通往营地的道路，我们要在营地里举办熬糖节。

1831年3月18日，星期五

今天我十四岁了！

我正在准备午餐的时候，爸爸过来和我聊起了我出生那天的事情。他清楚地记得在我出生之前的那天晚上，下了很大的雪，积雪能有九英寸深，第二天又增加到了十英寸！之前下的雪几乎都融化了，雪水顺着大河街道流进了霍尔德尼斯河。当我降生的时候，第一缕阳光照进了房间。他们把我包好，放在妈妈身边，我就躺在爸爸妈妈事先布置好的房间里，那儿被称为新生儿房间。

（后来妈妈就是在那个房间里去世的，不过大家没有说那是死亡的房间。我不愿意去回想当时的情景——她的脸一下子就变老了，脸上的血色完全消失了。）

今天一整个早上爸爸都非常兴奋。他说我的到来让大家感到既骄傲又幸福，有了孩子，整个家都焕然一新，变得圆满，获得恩宠。

爸爸说，他有三英亩牧草地，其中有半亩是适合耕种的。还有一匹马、一头奶牛和一头耕牛——那头耕牛是我妈妈一手养大的，别人都做不来。（我们的马在妈妈去世前就死了。它先是受了伤，然后又病了，后来病好转了些，可最后还是死了。）

在爸爸妈妈婚后的第一年，家里只有妈妈从娘家带来的一张桌子和几张凳子，还有一口煮饭用的锅。

1831 年 3 月 19 日，星期六

今天大家都到树林里去了，将树皮割开，把小桶挂在树上接从割口滴下来的树汁。那些小桶就是我们之前晒干了又用开水煮过，再用牛车运到营地里去的。

我、玛莎还有希普曼家的孩子，都在尽力给大人们帮忙。（小威利没能参与进来，他实在太小了，还不能去树林。这让威利大为失望。）在大人们割树皮的时候——他们把整片树林的树都割了——男孩们就把松树枝砍下来，这些树枝可以用来修整屋顶。大家希望明天就把营火烧起来。

第九章 采糖季·伯爵的传奇·拼写比赛·恶作剧·蓝裙子

1831 年 3 月 21 日，星期一

虽然在我的记忆中，枫树汁滴得很快，但其实是一滴一滴地积累起来的，事实上很慢。我们几乎都不能去上学了，活儿太多了，我们都得帮忙。添柴火啊，搅锅底啊，一起琢磨啊：是不是很快就可以熬成糖浆了呢？

今晚爸爸会留在营地照看营火。

1831 年 3 月 22 日，星期二

爸爸说一切都棒极了！很多朋友和邻居都出来了，索菲的爸爸铂金斯先生也在，还带来了小提琴！要是大家想吃点儿什么的话，糖浆就是吃的啊！有人小心翼翼地用勺子尝了尝，或是舀出一些出来——还在咕嘟咕嘟冒泡——洒在白色的雪地上。掉在雪地上的糖浆突然遇冷，会凝结成蜡状糖块，大家都爱吃。

爸爸说，凯西的哥哥大卫给他的狗喂了一大块糖，结果把狗的上下牙粘住了。它多想动动嘴巴呀，可它既不能吃东西也没法叫了，一直到嘴巴里的糖都化了才算解脱出来。

约书亚·尼尔森的妈妈出了个可怕的意外。我爸爸说，尼尔森家的牛突然昂起头来，牛角刺穿了尼尔森太太的脸，把她彻底撞晕了。当时她身边没有别人，只能自求多福了。约书亚说，他妈妈恢复得还算可以。希普曼太太听说了这件事后，给尼尔森家送去了几条新烤的面包，还有仅剩的一块感恩节馅饼。

1831 年 3 月 24 日，星期四

天气变暖，又变冷，又回暖。人们都担心天气太早热起来的话，树汁就没有了。

爸爸说，他觉得季节的变化和人的生命变化很相似。小婴儿不只会哭和爬，还会走上一两步——会摔倒——得过几个星期或几个月才会取得切实的进步。

上了年纪的爷爷缩成一团，家人还以为他已经去世了，可是老人家很快又能站起来，到处转悠，神气而矍铄。但他的韶华已逝。下一次，当他再度虚弱的时候，他就进坟墓了。"而你，我的女儿，"爸爸说着，用手撑着膝盖从椅子上站了起来，"你还是个孩子的时候就是个女人了……我们得等着瞧，看看时间或造化是否会让你恢复甜蜜的青春。"

听到这话，我浑身颤抖了一下。我很想说其实我很开心，我就想这样生活下去。可是看着爸爸认真的样子，我忍住了，什么都没有说。

1831 年 3 月 25 日，星期五

要言之有物，否则不如沉默。

——狄奥尼修斯

希普曼太太在民思肉店的采购收据：

肉、板油、糖、葡萄干、醋栗各1磅，6个大苹果，0.25磅佛手柑，1盎司肉桂，1盎司丁香，1盎司肉豆蔻，1夸脱白兰地，1夸脱葡萄酒。

1831 年 3 月 27 日，星期日

跟大家担心的一样，由于天气反常，采糖季提前结束了。农民都得靠天吃饭，老天爷照顾的时候，我们心存感激；老天爷若不给面子，我们也只能逆来顺受。

最近大家在聊天的时候，多了一个新鲜有趣的话题！我觉得可以说是人人都在议论这件事，几乎把其他事都给忘了！我知道的故事是这样的：星期二那天，有一辆装饰典雅的马车出现在梅勒迪斯。马车上只有一位乘客，是一位穿着外国衣服的绅士，操一口纯正的英语。他向大家打听附近有没有住着一位叫杰里米·普林斯顿的先生。杰里米·普林斯顿是索菲外公的哥哥。大家便告诉那位陌生的绅士普林斯顿先生的住址，绅士说他找普林斯顿先生有事，但不愿透露到底是什么事。

可是到了晚上，每一个人都知道啦！

据说好多年以前，牧师威廉姆斯把自己最小的儿子送到了商人普林斯顿家当学徒。有一天晚上，那个男孩回去晚了，那天傍晚他一直和姑娘们厮混在一起。这件事惹怒了普林斯顿一家，如大家所料，男孩被揍了一顿。

然而，第二天晚上男孩就逃跑了，还从普林斯顿家偷走了三百美元！人们发现他偷窃潜逃后，一直追到了朴茨茅斯。在那里，人们把他跟丢了，男孩上了一艘去往俄国的轮船，当天早上船就离港了。有两个码头工人对他有很深的印象。

今天我们听到的故事是这样的：船行驶到大海中时，遭遇海盗袭击，那个男孩变成了大战海盗的英雄！要不是因为他的智慧和勇气，那艘船就得翻掉，船上的人都会成为俘虏。等船到了圣彼得堡，男孩得到器重，而且很快——因为他的优雅和魅力——他就被召去觐见了沙皇！不久他被封为贵族，很快，又被任命为舰队司令。

然而这么多年来，他一直守着自己的秘密，这个秘密时不时地就像一根刺一样，扎在他的心头挥之不去。所以，当有机会来到美国公干时，他无论如何也想来一趟波士顿。这个曾经因为犯错而逃跑的少年，如今下定了决心要回到当初当学徒的地方，面对他那不愉快的过去和年少时的轻狂。

于是他雇车来到了梅勒迪斯。衣着华丽的他终于站在谦卑的、曾经的师傅面前，他一字一顿地说："先生，我，我是从圣彼得堡来的，任切诺夫伯爵。"

"抱歉，我不认识您。"不知所措的商人回答道。

"那您还记得那个名叫威廉姆斯的男孩吗？您打了他一顿，然后他就逃跑了。他还偷走了您三百美元，毫无疑问您是记得的！"

这时，老人终于记起了那个男孩，可还是没搞清楚眼前是什么状况。但是此刻伯爵拿出钱包，问老人要收多少钱的利息。

"您是说利息，先生？不用啊，就像您说的，您只是拿走了三百美元而已！"

不过伯爵说，若是把钱存在银行里，会随着时间而变多的，他付给老人的全是金币——在太阳下，这些金币闪闪发光，据在场的人说。然后他对围观的好奇的人们说："好了，我的乡亲们，请你们来为我见证。现在我可以以一个诚实人的身份，光明正大地回俄国去了！"

完成心愿后，伯爵没有作任何逗留，他快速地登上在一旁等待着的马车，很快就从大家的视线里消失了。

我真不敢相信这个让人吃惊的故事。今天所有人都在议论这件事——梅勒迪斯的伯爵！

1831 年 3 月 28 日，星期一

这事儿是约书亚看见的，他告诉了阿萨，阿萨又告诉了我和凯西：霍尔特老师和露西姨妈接吻了，就在熬糖节那天，他俩一起坐在营火边接了吻。

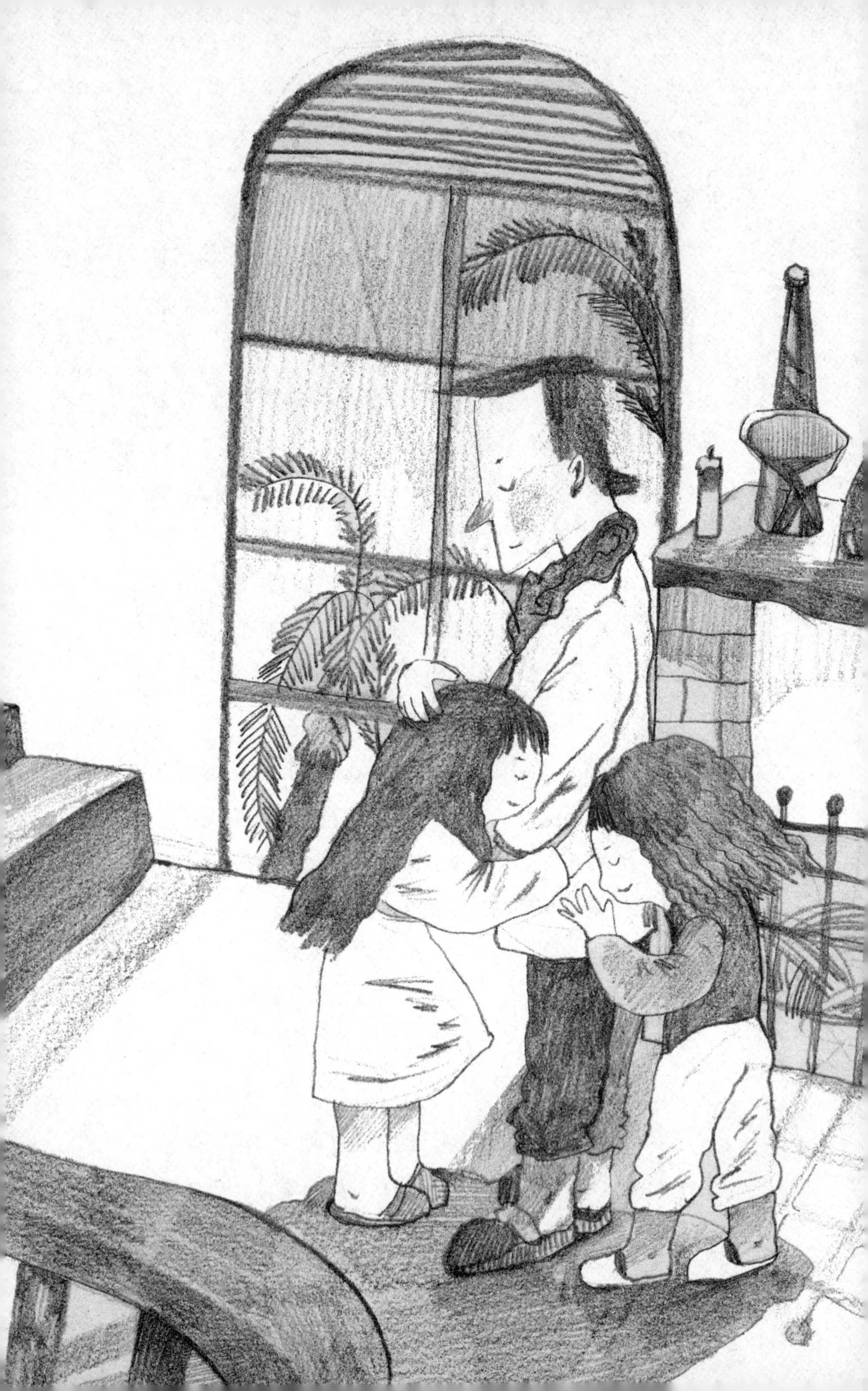

> 1831 年 3 月 30 日，星期三

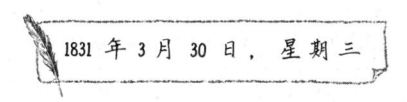

今天的拼写比赛，我最终打败了约书亚·尼尔森，成了冠军。不过我觉得约书亚的心思根本就没在拼写比赛上，他犯了一个低级错误，忘记了一个单词的 C 字母要双写。

他非常洒脱地接受了失败，放学后遇到我，还对我说"赢得漂亮"！

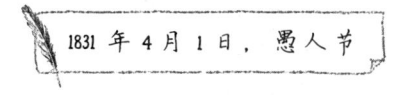

> 1831 年 4 月 1 日，愚人节

今天早上玛莎和我给爸爸搞了个恶作剧。昨天我们就把恶作剧设计好了，我削了一截白萝卜，冒充蜡烛。昨晚等大家都洗漱好之后，我和玛莎确认爸爸已经先我们睡了，就蹑手蹑脚地下楼来，用假蜡烛换下了他每天早上生火时要用的真蜡烛。

第二天，一听到楼下有动静，我和玛莎就裹着被子悄悄躲在楼梯角偷看——我俩兴奋得几乎一夜没合眼，生怕错过了任何精彩的细节。

爸爸花了很长时间用打火石点火，可是那支"蜡烛"就是点不着。清晨不太明亮的光线也帮了我们的

忙,爸爸看了好几次,也没有发现我们把蜡烛掉包了!他终于失去耐心,开始骂骂咧咧地说春天的早上就是这么潮湿——他是这么觉得的——连打火石都点不着蜡烛了。

当然,过了一会儿,他拿起了那支假蜡烛,我们的恶作剧就露馅了。我和玛莎忍不住狂笑起来。起先爸爸还在假装生气,后来也和我们一起大笑起来。

爸爸说:"这个恶作剧真是太精彩了。"接着他又假装板起脸说:"可是,下次要是两个丫头再这样整爸爸的话,可就要家法伺候了。"

1831年4月4日,星期一

今天早上,我让玛莎穿上一件她一冬天都没穿的长裙,玛莎可怜的小手和手腕都露出来了。爸爸说他觉得我和玛莎已经是两个年轻的淑女了。

没有别的办法,我们只能做新衣服,我觉得只能这样了。爸爸说下次去波士顿的时候会买些布回来。在康科德当地的报纸上,商人们已经登出了广告,说夏天裙子的布料已经上货了。

我尽我所能把旧衣服都缝补好了,我一点儿也不介意穿打了整齐补丁、衣领翻得妥当的衣服。

可是当爸爸说要给我们做新衣的时候,我的脑袋里就全是这件事了!我已经很久很久没穿过新裙子了!我想凯西的妈妈说到布料时会这么说:"查尔斯,蓝色显脏,而且自己在家也能纺,记住了没?"噢,天哪!可是我多么想要一件最新样式的蓝裙子呀!

第十章 土豆芽·阿萨的诗·勿忘我·爸爸的奇遇

1831 年 4 月 5 日，星期二

我们余下的还能吃的苹果只有十二个了，卷心菜更少！大点儿的土豆又发芽了，这已经是这些土豆第三次发芽了，我得手脚麻利地把土豆芽都掰掉，再发一次芽这些土豆就不能吃了。当然，现在防风草长得正旺，我经常用它们做菜，捣碎了清炒，或是放进汤里。

1831 年 4 月 7 日，星期四

阿萨对我说："凯瑟琳，你能不能帮我一个忙？而且，你得保证不告诉凯西。我必须把这首诗送给索菲，可是打死我也写不好——"

他说的是放假前一天的纪念品交换活动，大家会交换诗歌、同心结或者一束头发，收到礼物的人会领会到送礼人的情谊，在暑假期间他们也会好好地保持这份情感。

阿萨的那首急就章写在一张纸上，诗句反复修改过很多次，那张纸也被折了又折，看得出来，写诗的人很想把它写好。阿萨把诗拿给我看，那诗是这样写的：

> 夏日不过是一个季节，
> 十月将树叶染成金黄；
> 祈祷者很快消失不见，
> 朝向天空，简洁明了。
> 你的手势多么随意，
> 向我展示出来。

"我能想到的能押韵的词只有'抬'啊、'排'啊什么的，可是一个都不合适啊。"

"还有'埋'字呢？就是埋葬的'埋'，或是埋伏的'埋'。"

我说到这儿时，阿萨警告我别捉弄他，要是我再捉弄他，他就再也不跟我说话了。

我马上说："我没捉弄你啊。"其实我就是在捉弄他。

然后我想了一会儿，帮他想出了新词：

> 你的话语多么随意，
> 让我毫无防备。
> 但我对你许下的誓言，
> 永远不会违背。

"什么誓言啊，凯瑟琳？"阿萨苦恼地问我，"你写的这些根本就没有意义嘛。好好想想，你可以的。"

我觉得我理解他想表达什么了，于是我一句又一句地写了出来，可却没有一句是他满意的。结果讨论了一圈又回到了我们最开始写的那几句，总是这样。

> 你的手势多么随意，
> 就那样让我中意；
> 未来的所有日子，
> 我们相守不分离。

他把那些句子抄下来，两三下就抄完了。那张纸被他胡乱塞进了口袋，我真担心它会像上一张纸一样被揉成碎片。他站起身来，大声地跟我说了句谢谢，然后便敏捷地翻墙出去，穿过草地，一路又蹦又跳地回家去了。

索菲的妈妈和大家分享了下面这个菜谱,她说这样做出来的蛋糕很好吃,而且方法特别简单:

一杯牛油,两杯糖,三杯面粉,四个鸡蛋,打在一起充分搅拌均匀。用煎锅或者杯子装盛,仅需烤二十分钟。

我准备试试。

1831 年 4 月 13 日,星期三

今天是这个学期的最后一天。约书亚送给我一束勿忘我,真不知道他是从什么地方找来的,现在还没到勿忘我开花的季节呀。扎花的缎带上附着一张小纸片,他在纸片上工工整整地写着:"我祈祷能和你在一起。"

我们在很多活动,比如拼写比赛、文章讲解,以及背诵中都取得了不错的成绩,就连初学者们也并不差劲儿,让许多父母为之骄傲。除此之外,我们的老师还组织了一些别的活动,应该说他是带着极大的热情组织的那些活动。仿佛是想向人们表明大家可以质疑他的政治立场,但是不能质疑他的教学方法。

阿萨把那首诗送给了索菲,还送了一束用缎带扎起来的头发，索菲微笑地接受了礼物。我听见坐在后排的一位老爷爷说："再过一两年那小丫头就能用头发装个大枕头了。"我希望阿萨和索菲都没听见。

放学后，天气还很暖和，我们都没有着急回家。阿萨提议大家从树林里穿过去。树林现在看起来多么不一样啊，树影斑驳，天气温暖，跟冬日里太不一样了。我们还记得那一天我和凯西带着被子来做了一件善事（也有可能是傻事），帮助了一个难民（也有可能是坏人）。

1831年4月14日，星期四

希普曼太太觉得无所成就的一天就是浪费光阴，而浪费是所有罪行当中最严重的。于是我们三个——凯西、玛莎还有我——被迫在美好的春日里，每人拿着一条穿不下了的裙子放开裙边重新缝好。希普曼太太要求凯西和我严格遵守每寸缝十二针的规矩，玛莎还小，就没对她要求那么严厉。"做任何事，"希普曼太太说，"都要做好！"

做完活计从桌前站起来的时候，我的手指头都麻了，脖子也僵了，由于长时间弯着腰，我的整个后背都疼得不得了！

1831 年 4 月 16 日，星期六

爸爸下个星期一就要动身去波士顿了，他这趟出门有很多东西要准备：动物皮毛得捆扎起来——我们家的和希普曼家的都要捆好——这是我们要卖的最主要的东西；还要把枫糖切成块，包装好，这个工作得花上好几个小时，让城里人吃点甜头儿；行李的最上面是用干草做成的扫帚，干草还保持着金黄的颜色，隐隐地还有些夏天的香气。

把这些东西卖了，爸爸就能换到现金，或者是换一些夏季我们需要的东西，比如说我们栽种不出来的食物和药草、修理需要用到的工具物件、地里干活要用到的大型农具。要是价钱合适的话，爸爸还会买一些我们没办法自己织的布匹，有时也会买些他自己感兴趣的奇怪的东西。要是他卖了好价钱的话，他有时会买本书，买个玩具，或是什么好看的东西，甚至会买点儿糖果。

我们这里很多人都去康科德交易，那里要比其他地方近得多，可是爸爸更愿意去波士顿，他说波士顿更好，他带去的东西能卖出更好的价钱。出发前，有很多东西要准备。爸爸用希普曼先生的马车去那儿。由马儿拉货物可以节约很多时间，不过他也必须帮他

们做交易，一来一回都要拉上更多的东西。

准备工作很顺利，爸爸就要出发了，一个星期以后回来。我和玛莎就待在家里，凯西的爸爸会像以前一样帮我们照看家畜。作为回报，他们家犁地的时候我们会去帮上两天忙。

1831年4月18日，星期一

今天早上天还没亮，爸爸就动身了。他必须提前出发，路途太远了，还要拖着一节车厢，马也没办法休息。一般来说，即使没有拖一节车厢，这么长的路程也要走上二十多个小时。

我给爸爸准备好了路上的干粮，还有几块心形的奶酪，和最后几个冬天剩下的苹果。要是今天晚上爸爸中途住店，应该就不用花什么钱去买吃的了。

我和玛莎挥手跟爸爸告别，玛莎站在门柱子那儿目送爸爸离开。天还黑着，爸爸没走到拐弯处我们就看不见他了。我们看见几次马车上挂着的灯笼发出的光，之后偶尔还能听到一些声响，那是车轮碾压的声音，还有马铃的响声。等到什么声音都听不见了，我们才回到屋里去。

早晨我把满满两篮子衣服拿到希普曼家去洗，他们家的锅足够大，装得下我们两家的衣服。我和凯西还能在一起干活，彼此有个伴。天气很不错，有风，衣服容易干，我把床单和被套都洗了，要是没有风就得以后再说了。

"可是他还在这儿干什么呢？"我问起凯西关于霍尔特老师的事情。大家都知道这个学期已经结束很久了，可霍尔特老师还待在希普曼家没走。

我们今天的活儿是可以边聊天边干的——这比那些天补衣服的工作轻松多了——我们只需要看着大锅，烧着火就行。每次看见衣服和裤子漂到锅面上来，我都会觉得特别有意思。空荡荡的衣服袖子在水里漂着，不一会儿又沉到了热气腾腾的、翻滚着的肥皂水下面。煮一会儿，我们就得把衣服捞起来，拧干，大件的需要我们一起拧，然后放进第二个大锅，继续清洗。但整个过程中我们都能聊天。今天我们一直在聊天！

"可是他还在这儿干什么呀？"当霍尔特老师经过院子的时候，我又问了一次这个问题。

"我没发现他干了什么事儿，"凯西说话的语气和她妈妈真像，"除非你把他的求偶行为也算上，他一天到晚都和露西姨妈黏在一起！"

1831年4月24日，星期日

这个星期显得很无聊，很漫长。爸爸不在家，家里空荡荡的，非常安静。玛莎寸步不离地跟着我，像个小婴儿似的。

我们和希普曼一家一起去做了两次祷告，下午和凯西还有阿萨一起走路回家。

1831年4月25日，星期一

今天是爸爸该回家的日子了，我们都没有出门，就在家等爸爸。可是一直等到天都快黑了，爸爸还没有回来。我真诚地祷告着，希望爸爸不要出什么意外；我们是那么依赖他，那么爱他。

1831年4月26日，星期二

今天我们得再一次告诉自己，爸爸没有回来。我把做好的肉末拿到地窖去放好。（我参考的是希普曼太太的食谱，不过只做了一半，上次做过一次，爸爸说很好吃。）

"放到明天吃也一样好吃。"

"会更好吃的!"玛莎特别诚恳地说,她真是个好孩子。

1831年4月28日,星期四

老远就看见马车了,我和玛莎高兴坏了,还没等爸爸进院子就冲到路上去迎接他了。我们叽叽喳喳地说个不停,爸爸只好大喊:"嘿,你们这两只小喜鹊!"他说有个好消息要告诉我们,让我们先听他说。

爸爸说,他要结婚啦!对方是位寡居的女士,安·海厄姆夫人,她还有一个和我同岁的儿子!

这就是海厄姆夫人给我写的信。(信放在她给我买的一顶帽子里。)

亲爱的凯瑟琳:

我可以这样叫你吗?我非常喜欢你,我想我会更加爱你的。

之所以选蓝色的帽子,是因为你爸爸说你的眼睛是蓝色的。

我知道我还有很多事情需要去了解,我

希望你可以成为我的帮手和朋友，我也希望我能成为你的帮手和朋友。

安·海厄姆

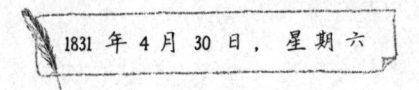

1831 年 4 月 30 日，星期六

星期四晚上，希普曼一家人都来我家了，昨天晚上杰克叔叔也来了。希普曼夫人特别高兴，因为很快她就会有一位主妇邻居啦。杰克叔叔也开玩笑地说，下一个沦陷的就是他了。

爸爸一直在讲他的经历："本来我是要到那个商店里去看看有什么可买的，结果居然找到了一个妻子！"然后他说，那个男孩名叫丹尼尔，从来没有见过自己的爸爸，他爸爸在他出生前两个星期去世了。丈夫去世后，海厄姆夫人的处境非常艰难，还要养活自己和孩子，于是她就到哥哥的店里去帮忙。她靠帮哥哥干活来挣房租，没有白欠哥哥的人情。这十二三年来，她一直都住在店里，然后她就遇到了我爸爸。

1831 年 5 月 2 日，星期一

爸爸收到了一封信，信里确认他们这个月底将在波士顿完婚。

家里还有那么多东西要收拾，再加上春耕和种树，五月底就举行婚礼是不是不合时宜呢？

爸爸说，人生的喜与悲，各有其时。

第十一章 犹太货郎·梳妆台·蟋蟀玛莎·波士顿来的女士

1831年5月6日,星期五

今天,来了一个犹太货郎,这是我第一次见到犹太人。他的头发有点儿长,胡子不多,但是没有修剪好。我们没有请他进屋,不过拿了些面包和苹果酒招待他,他只喝了点儿苹果酒。

我从他那儿买了些针线、纽扣,还有丝线。他还有一些要打折处理的剪刀,一把只卖十二美分,不打折的就是二十四美分一把。当我问他这两种剪刀有什么区别的时候,他的眼睛里带着好玩的神采,整张脸都变了个样子!

"好吧,我就告诉您吧,"他微笑着说,"算是我的一点心意,小姐。"然后他解释说,他第一次卖货的时候,为了多做点儿生意,他把所有的东西都卖得很便宜。可是顾客们在听到价钱以后,都觉得他卖的一定是次品。于是他测试了一下,把相同的剪刀定了两个不同的价钱,把价格高的称为"好货",价格低的称为"实惠货"。然后他发现大家都要买他们认为质量更好也就是价格更高的剪刀。从那以后,他所有货物的标价都提高了。"也有例外,"他高兴地总结说,"对那些心明眼亮的客人就可以例外,比如说您!"说完他就坐回座位上去了,留下我独自思考着他说的话。

这个人真奇怪,又坦率得可爱,我希望他下一次来的时候别忘了再来我家。

1831 年 5 月 7 日,星期六

我给阿萨讲了那个犹太人的故事,阿萨很遗憾没有见到。

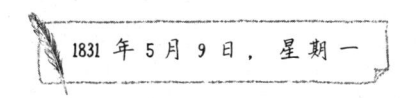

1831 年 5 月 9 日,星期一

爸爸又收到了她的来信!他没有丝毫掩饰,兴奋得像个小伙子一样,每到星期一他都到桥上去等从波士顿来的邮车送信来。

她的信纸都折得整整齐齐的,封得很好,字也写得非常工整。跟她的字比起来,我的字显得又丑又乱,虽然我已经在很认真地练字了。

凯西这周抱恙,她身体本来就娇贵。

1831 年 5 月 10 日,星期二

今天,我们安装好了一个崭新的松木梳妆台,又大又漂亮。

我们用盐和醋不断地擦拭家里那件锡器,直到它都变得闪闪发光,然后我们将它摆在梳妆台上。在她到来之前,只要我们不用这个锡器,它就能一直保持这样的光泽,至少我希望如此。

爸爸两周以后就要去波士顿了,这段时间他为了安排这一切,特别忙碌。我这才意识到,这个房子只属于我们的日子,就剩最后这段时间了,以后就不光是我们的了,还将是她的,还有丹尼尔的。

1831 年 5 月 13 日,星期五

今天天空灰蒙蒙的,下起了雨,脚下很冷。光着脚

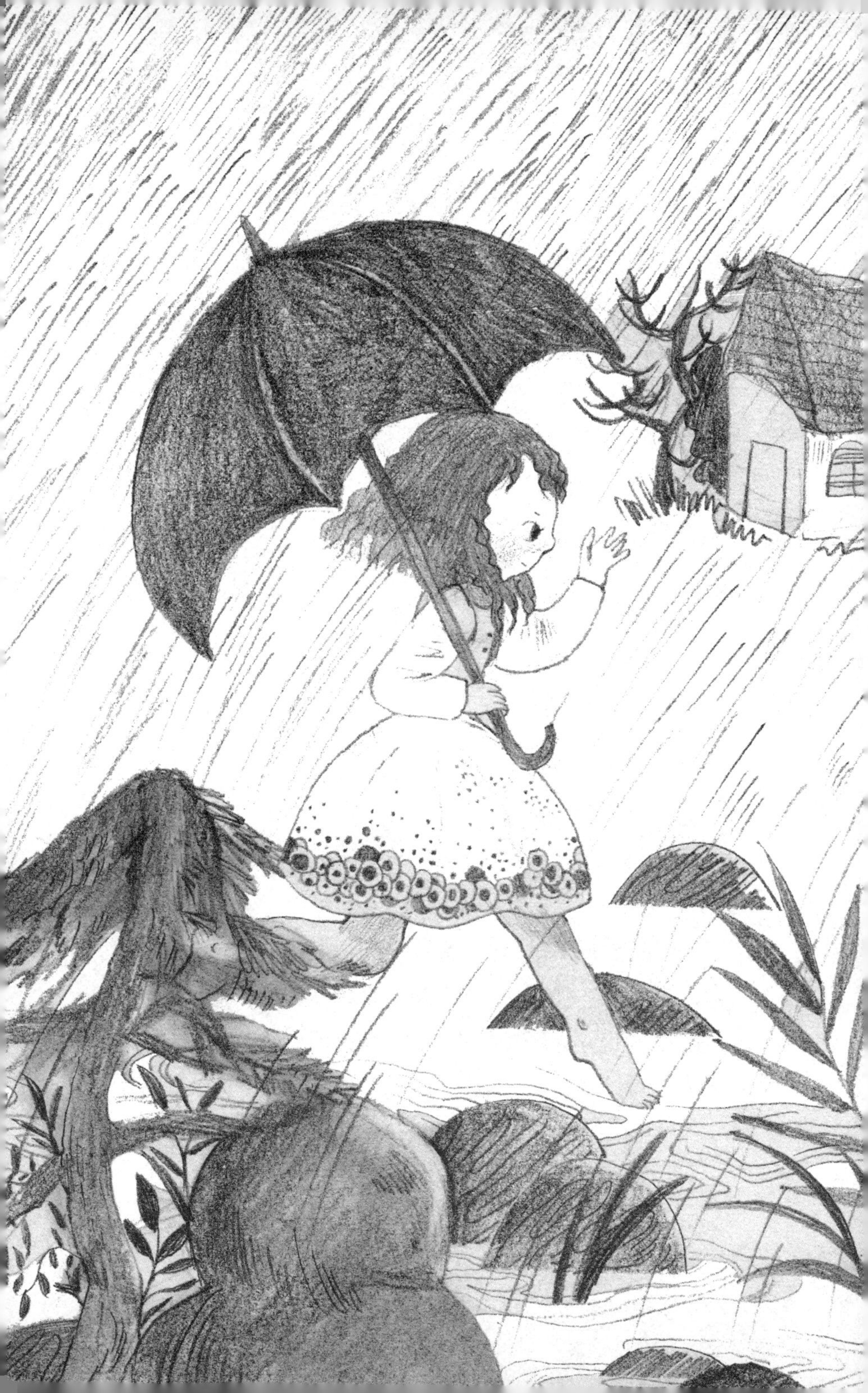

站在地上真是不舒服,尤其是脱掉了冬天的皮鞋以后,没有了那层保护,双脚还有点儿不习惯。

玛莎从这块石头跳到那块石头,然后在腿上蹭着脚,看起来真像只蟋蟀,而且还是只跳得特别快的蟋蟀!

她看出我不赞成她那样,便说:"我必须得这么跳,只有这样我的脚才能暖和,而且——我说的是真的——我会自己洗脚的!"

爸爸很喜欢这场雨,在春季植树的时节之前,这场雨来得非常及时。

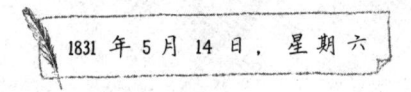

1831 年 5 月 14 日,星期六

爸爸做了一件新夹克,以免在城里的伴侣面前会有失礼仪。

"你就穿那件旧的不行吗?"我问。

爸爸说:"听着,小姐,你不许生气,也不能太吝啬。我得说,海厄姆女士愿意来和我们一起生活,我们就已经够幸运啦。"

于是,爸爸就有了那件新休闲西装——花钱请镇上的一位女裁缝做的!休闲西装是灰色的,和羊毛的颜色一样,爸爸穿这个颜色很好看。这衣服的针脚很密，穿起来应该很不错。

1831 年 5 月 17 日，星期二

"我要不要带这个，带那个……请帮忙问问凯瑟琳，我要不要……"昨天收到的信里有好多好多的问题，爸爸一一念出来给我们听。他好像不觉得像她这样什么都不懂，脸皮还这么厚是一件很奇怪的事情。爸爸还称赞她："真不错，她还想着要问我们这些，有多少人能做到呢？那么，凯瑟琳，我该怎么回答呢？还是你想要自己写封回信让我带过去，这是不是女人的工作呢？"

就连我的朋友凯西也总向着她说话。凯西说："凯瑟琳，别忘了，她一直都生活在波士顿，应该和我们很不一样。"

1831 年 5 月 18 日，星期三

爸爸今天早晨去波士顿了，借的还是希普曼家的马车，一来可以快一些，二来也能让他显得体面些。我们仔细清洗过马车，还换了新的座套。爸爸随身

的包袱里装着新羊毛西装，一件漂亮的亚麻衬衣（是管希普曼先生借的）。还有别的一些东西，有他自己的也有借别人的，他在婚礼上或在波士顿逗留期间会穿。

爸爸在马车后面又装了些扫帚拿去卖。"不妨带上。没有理由不带呀！"上个月扫帚的价格特别好，爸爸希望这一次也一样。他还带了更多的枫糖，也是拿去卖的。（我们一般不卖两次货，不过爸爸下定决心要给海厄姆女士的家人留下好印象，他要把钱包装得鼓鼓的才去见他们。）

走的时候爸爸分别亲了我和玛莎一下。他对我说"好好照顾你妹妹"，然后便登上马车，调整好了缰绳。我尽力冲他笑了笑，挥手说再见，一直到他离开。

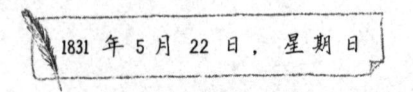

1831 年 5 月 22 日，星期日

今天，在波士顿，他们结婚了。我才不会叫她妈妈。

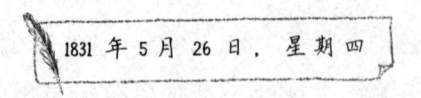

1831 年 5 月 26 日，星期四

她的个子没有我想象的高，甚至比希普曼太太还要瘦小，也没有露西姨妈漂亮。

丹尼尔长得也不怎么好看，不过个子很高。他脸上有几个雀斑，下巴不大，头顶上的头发有一小撮翘了起来。丹尼尔时不时地用手梳理那撮头发，动作略显紧张，不过梳理头发也没能缓解他的紧张。

"是的，先生""不，先生"，还有"谢谢您，先生"就是他今天说的全部的话。这个哥哥跟我期待中的哥哥太不一样了，和希普曼家的男孩截然不同。

稍后

很快，我们要去睡觉了，丹尼尔第一次和我们一起上楼去。他要睡在房间西边的那个角落里，希普曼先生和大卫这个星期帮着拿上来一床新的草垫，还有一个缠着麻绳的床架。床边放着一个盒子，里面是丹尼尔带过来的东西。爸爸被还给我们时说，他很乐意为丹尼尔多做几个挂衣钩，好让他把衣服挂出来——他想要多少都行。

玛莎看了老半天丹尼尔，等和我在一起时，她对我说："你看见了吗，凯瑟琳？他耳朵里面也长了雀斑！"

1831 年 5 月 27 日，星期五

我早就知道了，爸爸赶着马车刚一回来的时候，希普曼家的人就凑在自家窗户那里张望了，可他们一直忍到了今天才来家里拜访。

"我们想，你们应该会觉得有点旅途劳累——这个，你们看，我们准备了一些布丁——小小心意，不成敬意。我们都是乡下人，不过我妹妹，她是从塞勒姆来的，她住在这儿的时候，挺喜欢吃这种布丁的。"

哎，希普曼太太这是怎么了？我知道她特别期待新邻居的到来，可是，今天这个场合，她略微有些失态了。可能她是担心这个从波士顿来的女士，会见怪她这种乡下人的做法吧。

不过波士顿来的女士也有自己心焦的事情。她微笑着说："您真是太客气了。我敢说这些布丁肯定非常美味。您请坐吧。这边请，我把椅子给您搬过来。不然，当然，我没有别的意思——那个，也许，您更愿意坐在窗边光亮的地方？"

我们的爸爸，有点儿手足无措地站在那里，直到比其他人都来得晚的露西姨妈救了场！

"我听说您是从波士顿来的。"露西姨妈说，那语气就像这两个星期里她们俩已经无话不谈了似的。"快

跟我说说,"她说,"是不是真的……"然后屋子里立刻就充满了聊天的声音,最起码,各位女士都放松下来了。

1831 年 5 月 29 日,星期日

当我们一家人走进教堂的时候,所有人都转过头来看。爸爸看起来小心翼翼,而且非常骄傲——他又穿上了那件灰色的新西装。她好像有点儿害羞——应该是有点儿吧——眼睛一直看着脚下。

丹尼尔走在我和玛莎的中间,眼睛直直地盯着前方。大家对他们都很好奇,大多数人都是怀着善意的。不过我还是听见有人在小声地说:"哎哟,她还没有以前那个好看呢。"虽然我觉得他们说得对,不过还是希望她没有听到这句话。

天气很不错,我们慢慢地步行回家。爸爸一直轻轻地说着话,像是想缓解一下一直被大家瞧着的尴尬。

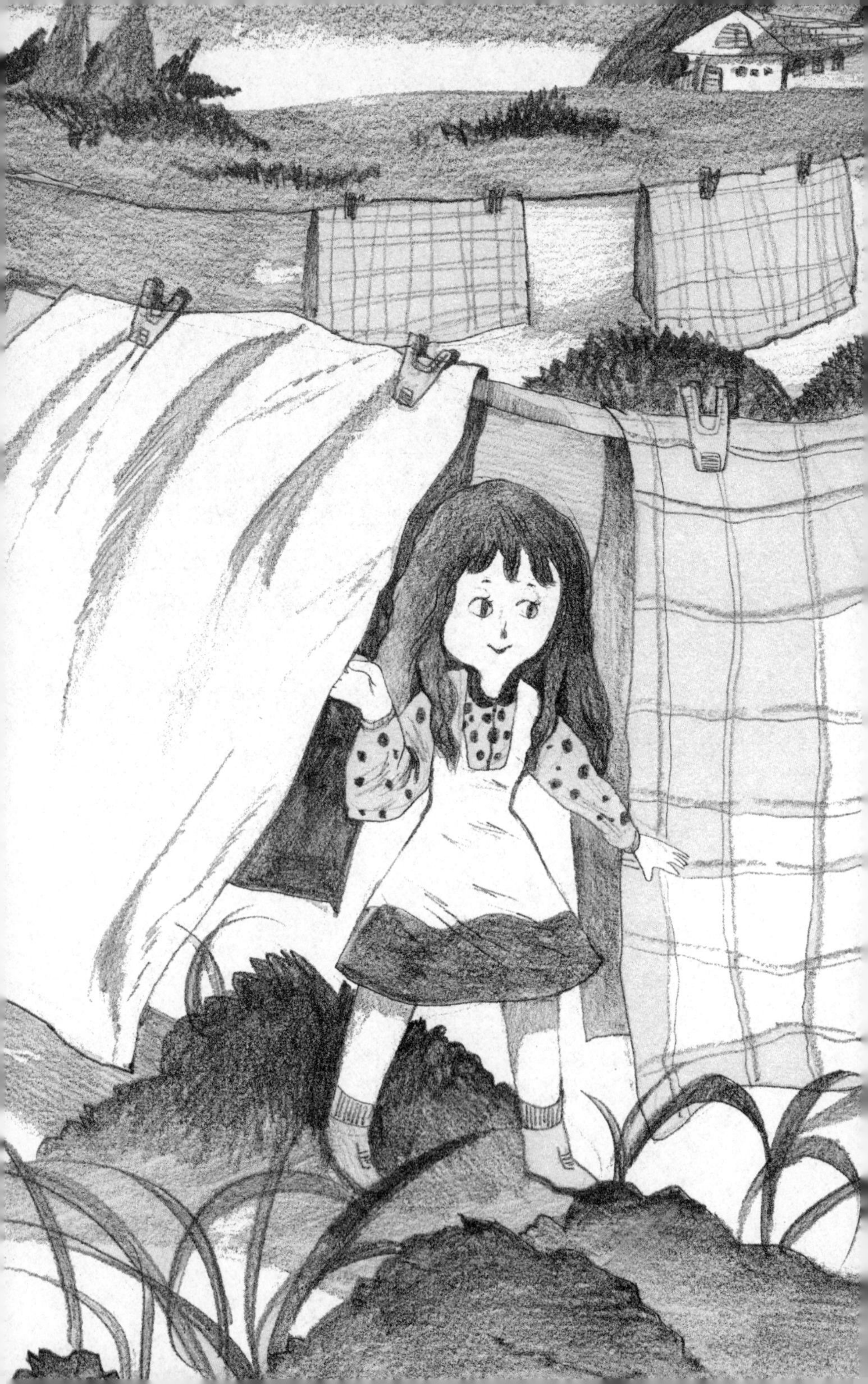

第十二章 十一条被子·墙画·夏季学期·织布工人·真相

1831 年 5 月 30 日,星期一

现在到处都是一片新绿,嫩绿的新草,小花,嫩绿的树叶。在这样的天气里,真难以想象前不久脚下还是一片泥泞,路面到处都是稀泥。

今天早上,我们把寝具都抱下了楼。在她的指挥下,我和玛莎把东西晒在春天的太阳下。有的寝具很久没用了,散发出一股霉味。

过了一会儿,她停下手里的动作,看着远处的小山说了句话。她说得太小声了,好像想让我觉得她并不想让我听见:"让我今后会记得这个让我充满感谢的时刻,在我心存怀疑的时候。"一个刚刚结婚的女人说这样的话当然是令人费解的。还有一次,在叠被子的时候,她说:

"这些活儿都干得很好,而且都很实用!但愿能够证明我是胜任这项任务的。"

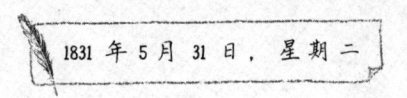

1831 年 5 月 31 日,星期二

我们又聊起了那个犹太人。我们当中有的人见过他,有的人没见过,还有的人就是从他老家那边来的。杰克叔叔碰巧在我们家,他说有个故事给他留下了深刻的印象,他要讲给爸爸听:

"他们那儿有一个人特别喜欢意大利口音。有一次,那个人和一个神学院的学生争执,神学院的学生很推崇希伯来语。那个人就说:

"'你不能否认,当万能的上帝把可怜的亚当从伊甸园里赶出来的时候,上帝说的就是希伯来语。'

"'也许吧,'学生说,'但我敢肯定的是,如果亚当被逐出伊甸园的时候上帝说的是希伯来语,那么夏娃勾引亚当的时候一定说的是意大利语。'"

爸爸听到最后一句时不禁拍了下大腿,为了再乐一次,他还重复了那句话。

杰克叔叔很是为自己讲的故事洋洋得意,他咯咯地笑着,眨了眨眼睛,说:"现在他们是不是浪费了学生们大好的学习时间,都去学希腊语了啊?"

"别说这些,"她说着紧紧抿住嘴唇,"孩子们在这儿。"

然后她就没再说什么,也不必再多说了。杰克叔叔很快就告辞了,他说还有"很多事情要处理"。无论爸爸怎么挽留,他都坚持离开。叔叔走后,爸爸有点儿不高兴,最后他终于愤愤地说:"你明明知道他无意冒犯。"

1831 年 6 月 1 日,星期三

她带来的那些衣服跟凯西妈妈的衣服太不一样了。她随随便便地把围裙缝在衣服外面,天冷的时候就披条围巾在外面,也都不管自己的样子看起来有多怪。前胸后背都是 V 字形领口,衣服裁剪得特别贴身,一点儿都不像要干农活,或是生活在乡村。

1831 年 6 月 3 日,星期五

最近我们一家从早到晚都在忙她觉得要做的事情,而且总是要我和玛莎帮忙!自从她和丹尼尔来了以后,我几乎都没和凯西聊过天。

最后的寝具也都拿下来晒过了,包括我妈妈当新娘时候的陪嫁都晒过了。我很担心她会问我为什么只有十一条被子,而不是通常会有的十二条。拿被子送给那个鬼影人的时候,我完全不知道会发生现在这种事。

  屋子里面我们也是扫了又扫。你都想不到其实在她来之前,我已经把房间打扫得很好了!眼下这就是一场春季大扫除——反正就是上上下下,里里外外,不管需要不需要,都得再打扫一次。今天,她安排丹尼尔把所有的家具都搬了出来(后来又搬进去)!一些家具被重新安排了摆放的位置,餐桌被放在火炉的旁边,她说,在波士顿流行这样摆。她在餐桌上铺了一块布,中间还放了一盏台灯。碗橱被挪到了墙边——她觉得这样放可以让她在厨房干活的时候更顺手一些。新做的椅子还放在原来的地方,靠背椅仍然放在火炉旁。

  昨天晚上,当爸爸读他心爱的书的时候,我就坐在她的旁边。丹尼尔和玛莎出去了一会儿又回来了。我们跟着爸爸,五个人聊了会儿天,然后上床睡觉。

1831 年 6 月 7 日,星期二

  今天早上凯西来找我,跟我说必须得去她家看看。他们家的楼梯间和客厅墙上画了巨幅的墙画!在客厅里画墙画是眼下最流行的,而且在一天之内就画好了。墙画画的是小山、农田,还有榆树林。凯西说,榆树的叶子都是嫩嫩的,画里永远是春天!

刻版工给我看了一本书,我抄了几乎整整一页下来,想留着以后作为参考。

墙画的模板是用金属做的,每种颜色都有一块模板,针对构图的每一个部分。墙画师们根据掌握的组合方式实现期望中的风景或风光效果。这么说来,画师们在作画的时候早就胸有成竹,而不是随手画就的。
——摘抄自《奇妙的艺术》,鲁弗斯的搬运工著

每一个物体都必须根据它呈现的距离来决定它在画中的大小,略远的树的适宜高度应该是一到二英寸,其他物体也按照比例安排。离得更近的物体大概是六到十英寸大,而近在眼前的物体则应该根据墙面的大小尽量地画大。远处的物体,比如说房屋、船只等等,它们的颜色也应该更丰富,再根据距离添加些天蓝色。通过这些手段,画中景物看起来非常悠远,效果非常震撼。

"非常震撼。"确实是。到目前为止我还没看到过比这更好的墙画。真是忍不住羡慕,还好我忍住了让自己没有嫉妒。

1831年6月8日，星期三

夏季学期开学啦！我们家和希普曼家的孩子里，我、玛莎还有凯西要去上学，阿萨和大卫在家帮爸爸干活，威利本来可以去的，可是希普曼太太不想让她的小宝贝太早离开她。丹尼尔和别的男孩子一样要在农场里帮忙。对于这件事，爸爸默默地有些得意。我以前从没有注意过，他总是要请求别人来帮忙，在别人都忙完了以后才会有人来帮他收拾干草。我们，玛莎还有我，是很乐意帮他的，可是女孩子的劲儿毕竟小，帮不上什么。

在学校里我们听到了各种消息，又是惊叹，又是高兴得流泪，又是伤心得想哭。我们听说，约书亚的姐姐去迪尔唐博鲁的一所学校当夏季学期的老师了；索菲的舅舅被压坏了一只脚，不得不截了肢，现在已经没事了。

玛莎今天早上特别不耐烦。没有人会相信学生们在开学以前练习了书法。爸爸亲手给玛莎做了一个铅垂球，用一条淡黄色的绳子拴在一把新给她买的桦木尺子上，很耀眼。爸爸送她一个羽管笔，那个人送她一个锡蜡制的墨水台。我估计这个可能是她自己小时候用过的。墨水台有着多次使用的痕迹，不过我们没用过。她还承诺要做一本练习簿——我们有足够多的空白纸，而玛莎即将用上从波士顿寄来的印着格子的抄写本。

我们的新老师是一位叫娥法·威廉姆斯的小姐。她脾气很好，身材娇小，也就差不多和我一样高！我担心那些大个子的男孩，如果他们今年夏天来上学的话，会欺负她的。她本来应该上个星期就到，不过有些事情耽误了，我们开学的时间也就顺延了。

1831 年 6 月 9 日，星期四

走在放学回家的路上时，我就听见了家里传来的咔哒咔哒的声音。我猜是织布工人来了！我猜中了！工人来得比往年早了一些，不过这次这个织布工不是往年来我家的那个。她只说她喜欢这个人的长相，而且觉得他挺健谈的。我倒是情愿等我们认识的那个织布工来。

织布机已经在客厅里放好了，咔哒咔哒的声音就是从客厅的窗户那儿传出来的。

织布工要给爸爸和她织一套新的床罩，深蓝色的一面冬天用，浅蓝色的一面夏天用。这个样式真的很老气，不过她仍然很喜欢。

1831年6月10日,星期五

被子的真相被揭开了,都怪玛莎。事情是这样的:

织布工在的这几天,爸爸和那个人一直在讨论布料啊,寝具啊,针线活儿啊,被子啊,被面的花纹啊什么的,还讲了很多故事。会飞的鹅?山那边的月亮?伯利恒之星?她知道很多故事,有些应该是她自己编的吧,反正她喜欢讲。

"你也讲个故事吧,"玛莎对我说,"就是那个从俄国样式的大衣上剪下来的红布,还有从爸爸的裤子剪下来的褐色的故事。"

"你脑袋里在想什么呢?"我对玛莎说。她说的话有点儿稀奇古怪的,一时让我觉得她不知所云。我的反应让玛莎感觉很尴尬,于是她冲我喊起来:"俄国样式的大衣!你明明知道的,凯瑟琳!你和凯西拿走了那条被子,你们还——"

"玛莎!"我想阻止她,可是已经太晚了。

"凯瑟琳,"她放下了手里的针线活儿,问我,"这孩子刚才是提到还有一条被子吗?我怎么不知道呢?"

就像我几个月前提醒凯西的那样,要是事情被发现了,绝对不能说谎。为什么要说谎呢?很久以前我就觉得霍尔特老师那些著名的言论里蕴含着公正,还有杰克叔叔的意见也是。

可是现在我到底是该说真话,还是应该说谎话否认玛莎看见我和凯西做过的那件事呢?

我脱口而出:"那不过是条很旧的被子罢了,你反正也不会喜欢。"然后我红着脸,眼睛里含着泪水,把事情原原本本地讲了出来。我是怎么丢了书,怎么发现了纸条,怎么和伙伴们艰难地做出了决定,还有在学校看见的那句格言。就连阿萨为了他家被偷走的饼背黑锅挨打的事,我都讲了。

"凯瑟琳,凯瑟琳,"她说,"这对我来说真是个难题!"她想接着做针线活儿,结果却把线弄乱了。而我没再说什么,我连玛莎都给忘了。

"进屋吧。"她说着,恢复了平静,带我们去厨房准备晚餐。

做饭期间,她问我:"你就没想过你可能会遇到危险吗?就没想过会有什么可怕的事情发生在你,或者是凯西的身上?"

"没有。"我说,"他就是冷,当时是冬天……"

"亲爱的孩子,"她说,"你真是个孩子……"然后她朝前走了几步,像是要拥抱我,但很快又退了回去。"好啦,"她尽量轻松地说,"我发现我们在磨洋工啦,玛莎,快去打点儿水过来。凯瑟琳,给火添点儿柴。至于那条被子嘛,让我好好想想,必须想个办法解决。"

1831年6月11日，星期六一大早

昨天晚上，我听见爸爸和她一直在说话。大多数时候是她在说，偶尔是爸爸说。他们说得很小声，不怎么听得清楚。然后我听见她大笑起来。

"可是查尔斯，"她说，"那确实是太有意思了！从爸爸的裤子上剪下来的褐色！"

爸爸也笑起来，接着他们又悄悄说了些什么，然后我们就都睡了。

星期六继续

我得再做一条被子。那是由她决定，爸爸支持的。我抗议说我不会做被子——我会卷边、走针、咬口折缝、锁边，还有做扣眼，但是不会做被子。但在这个严肃的时刻，面对我的窘境，她居然一笑而过。

她说："都不难。再说了，有我在这儿教你呢。"

然后她伸出一只手来拉着我，我却哭了起来。我以前可不会哭，其实我已经有好几个月，好几年没有哭过了。当我最后抬起头来看她的时候，发现她的眼睛里也闪着泪光。

第十三章 航海罗盘·暴雨·国庆节·纪念碑·鸟和春天

1831 年 6 月 13 日，星期一

衣服刚刚放进锅里煮，她就拿出来一本服装书。书里面全是草图和她的朋友们的意见，还有各种各样的记号。我把每种草图都仔细地看了一遍，从所有的图案中选出了三种。这三个图都没有复杂的线条，对于我现在掌握的技巧而言也不算太困难。我选择了其中一个叫做"航海罗盘"的图案，主要的原因有两个：

1）背景是白色的。这样我就能用上以前的一条亚麻床单，那条床单已经修补过，从边缘到中间都是缝好了的，还有些地方打了补丁。她带过来好多日用品，我也不用太顾忌家里原来的够不够用。

2）航海罗盘图案在我们这里不太流行，不过在波士顿，还有更北边的地方，像缅因州，都很流行。据说这是由船员们的妻子创造出来的,用来保佑她们出海的亲人平安回家。

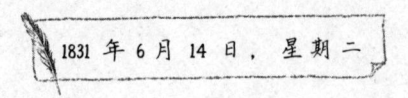

1831 年 6 月 14 日,星期二

我放学刚回家,她就对我说:"好的开始就是成功的一半。"她把一堆不知道从多少旧衬衣、旧裙子和其他破了的衣服上剪下来的碎布片放在我眼前,"你得把它们修剪整齐。"这就是她给我的任务。

天哪!那个犹太货郎真该来看看我是怎么用他卖给我的剪刀的。裁剪工作真辛苦,我必须把布条拿得特别近。她还时不时地来检查我有没有认真剪,是不是充分节约了布料。

1831 年 6 月 15 日,星期三

杰克叔叔讲了个故事:有个农夫跟人打赌他知道自己的灰色母马到底能拉动多重的东西。旁观的一个陌生人就选了一根木头,农夫同意了,押上了一美元,让母马准备开始拉木头。这次农夫好像要输了,那母马拖不动那根木头。就在准备要赔钱的时候,这个农夫又检查了一下,发现木头上有一双湿手套。他把手套拿了下来,母马一下子就把木头拖走了,于是农夫赢了。

"这是真的吗?"丹尼尔问,"你觉得这有可能吗?我的意思是说,先生,一个了解自己的马的好农夫,就会精确地知道它能拉得动多重的东西吗?"

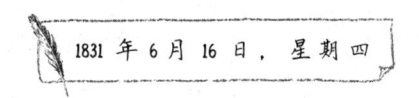

1831 年 6 月 16 日,星期四

今天下午,约书亚来学校找我们,这让我们觉得很意外。约书亚想走路到希普曼家去,路途有点儿远,所以想路上有人作伴。他来学校的原因又让我们吃了一惊:霍尔特老师说给约书亚找了几本书!约书亚这个以前最不爱学习的学生,走了这么远的路,是专程来向霍尔特老师表示感谢的。约书亚现在坦承,他渴望在梅勒迪斯那边的一个学校里,跟着杜德利·李维特先生学习。

1831 年 6 月 18 日,星期六

每一天我都要为了做那条新被子不停地剪啊,缝啊。我本来以为到今天就可以准备就绪,可是看起来好像还

不能真正开始。你简直想象不到,光是准备工作就得做这么长的时间!当我抱怨进度太慢的时候,她立刻抓住机会,来了一番思想教育:"或许如果你早有今日的觉悟,就不会轻易认同去年冬天做过的事了吧。"

1831 年 6 月 20 日,星期一

我敢说,自从阿萨把那首诗送给索菲,之后的事情就一直进行得很顺利。这个暑期学期,每天索菲都和我还有凯西一起走路回家,我们走的那条路是索菲回家最绕远的一条,虽然我们都心知肚明,但是谁也没有挑明。

最近,我注意到,每天放学的时候,阿萨都会凑巧出现在栅栏那里。

1831 年 6 月 22 日,星期三

现在,不管我们做什么她都不满意。

"收床单的时候要从床角开始,这样才能不必使大劲儿,床单才能更耐久。凯瑟琳!玛莎!不要那样扯床单!姑娘们,记住我给你们说的话!"

每件事情她都有那么多讲究,必须记住这个,记住那个!"要做就要做好!"我随时都听得到这句话。

可是当我真的惹了什么麻烦的时候,她又会站在我这边,不让丹尼尔说我,甚至会提醒爸爸说:"可是查尔斯,她还是个孩子。"

昨天,我撞见她正在收拾从波士顿带来的一个装衣服的箱子。

"你喜欢这些吗?"她拿着一副袖套还有一条配套的衣领,问我。

当我用语言和行动表示我觉得它们很漂亮以后,她轻轻地说把它们送给我,然后就把东西递给了我。

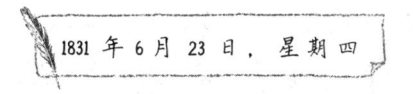

1831 年 6 月 23 日,星期四

昨天晚上下了一场大暴雨,闪电劈倒了韦斯特家农场栅栏边的两棵树。水漫了起来,今天早上,大路看起来就像是一条新的河!事实上,我们家谷仓拐角的台阶那里,水像小瀑布一样流下来,流了半天的时间!

我觉得再没有什么事物比夏天的雷电暴雨更壮观了,可是玛莎的意见恰恰相反,昨晚一整夜她都用披肩捂着眼睛睡。

1831 年 6 月 24 日，星期五

利用这些天来剪好的布块，我终于凑够材料可以开始拼被套图案了。背景材料的收集要花更多的时间，因为幅面更大。

1831 年 6 月 27 日，星期一

星期一到星期五过了，星期六过了，星期日也过了，时间过得好快！我们的事情好多，还要做那条被子。我不停地缝啊缝啊，还得把每一块缝好的布都拿给她过目。

最近的天气非常好，天黑得也晚。我们家的规矩是天黑之前必须回家——这让我们冬天的时候玩的时间特别短——现在我们可自由啦。每天晚上，要么是在我家院子里，要么是在希普曼家的院子里，我们几个孩子一起玩瞎子摸象、甩鞭子之类的游戏，总是玩得哈哈大笑。丹尼尔和阿萨成了铁哥们，有时他们很好，有时又特别淘气，尤其是拿着吓人的癞蛤蟆或蛇来吓唬我和凯西的时候。

万岁！7月4日[1]！

一大早我们忙完家务就出发去镇上，要在那里度过一整天。早上太阳都还没有完全升起来，我们五个人就带着打包好的干粮，还有一桶冰镇的苹果酒，坐上马车从院子里出发啦。

在赶着马车去往镇上的路上，我们就听见了钟声和礼炮声。草地四周的街道上到处都是嘈杂的人群，小男孩们四处乱跑，精力充沛地敲着桶。时不时地就有烟花在附近的什么地方响起来。我们看见了两拨被吓坏的驾马，套着缰绳想后腿直立却动弹不得，吓得直哼哼。但我们的马儿芭比和娜丽就跟聋了似的，一整天都很安静。有时我会觉得我真该喜爱这两匹马，它们是那么高大，而且一直都那么有耐心。

九点钟，民兵队巡游开始，草地周围已挤满了各式各样的马车。游行的队伍很快停下来站定，横笛手、小提琴手和鼓手们开始演奏，他们演奏的最后一支曲子是《扬基歌》，这首曲子获得了最多的掌声。接下来是用洪钟似的声音朗诵的《独立宣言》，接下来民兵队长祈祷。一个士兵的祈祷比一个牧师的祈祷更加有力量。（或许是因为一向孔武的士兵偶尔散发出的暖心温柔这份意外？这让我想起爸爸说要自己做饭的那一天。）

---

[1] 7月4日是美国的国庆节。

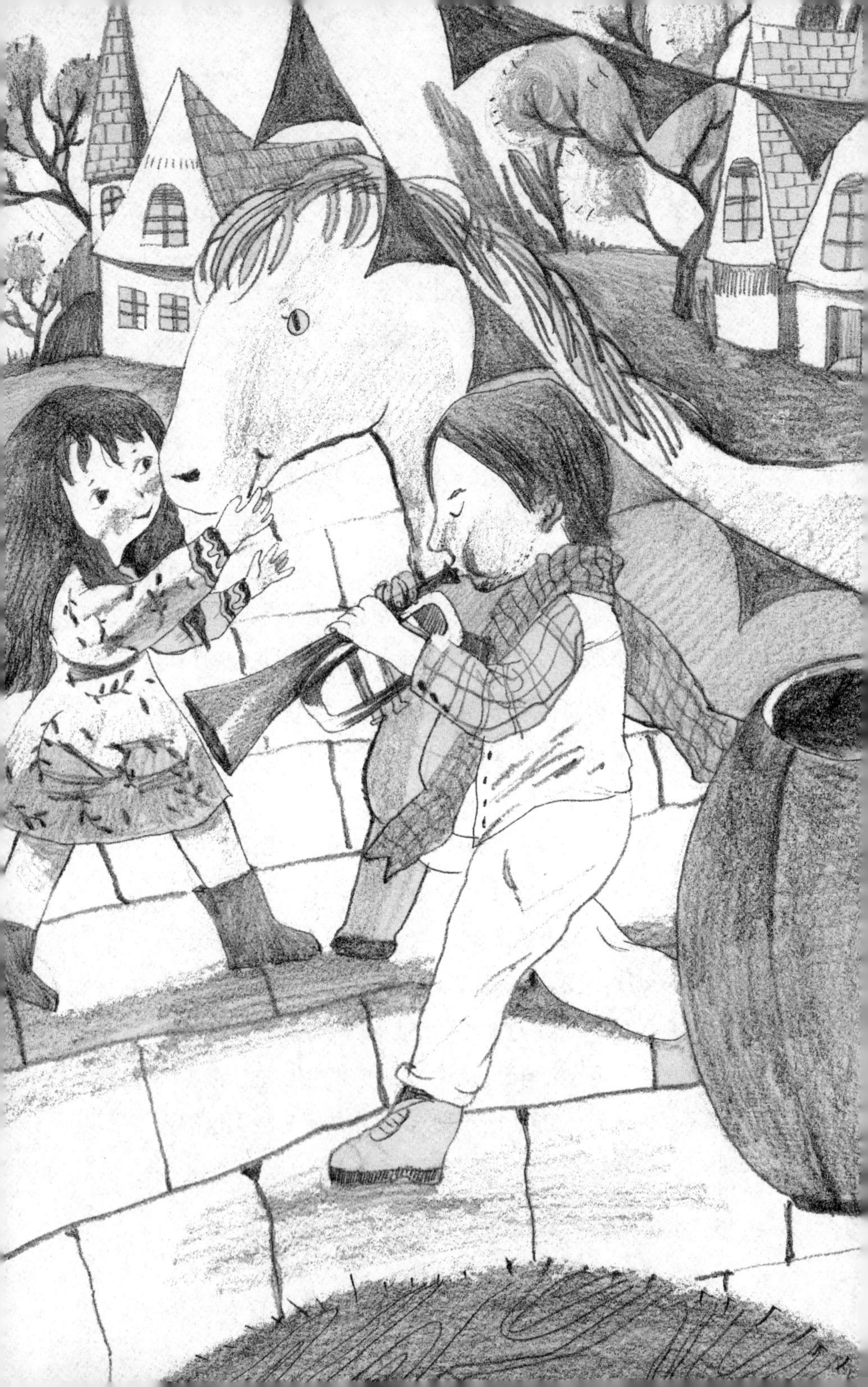

丹尼尔和阿萨很快就溜走了，爸爸和杰克叔叔到小酒馆去消遣。我们几个女士可不想去酒馆，我们甚至都不知道他们什么时候走的！眼前的景象一直在变换，到了上午十一点，演讲开始了。一位名叫J.瓦克斯的法官专程从普利茅斯赶来给大家演讲。演讲结束的时候，他发现了两个长着稀疏白发、两腿消瘦、穿着军装制服的人，那制服一看就是穿过很久但是被精心收藏起来的。军装的裤子是卡其色的，衣服是深蓝色的，是跟随华盛顿将军的士兵们的装束。法官运用丰富的想象力，认定他们一定是参加过福吉谷战役的，还表扬他们是爱国者，号召大家向他们学习。法官还期待能得到他们的回应。

听到这儿，那两个人相互推了推，紧紧抿着嘴唇，尴尬地笑了笑。后来我们才听说他们都是伯戈因的黑森雇佣军，当时和伯戈因一起吃了败仗！

到中午的时候天气就很热了，我们坐在马车旁，庆幸马车比较高，给我们挡住了太阳。我们吃了自带的午餐——户外的空气让午餐变得更好吃了——这时爸爸也回来陪我们了。他听说因为放烟花发生了火灾，有人被烧伤了。

下午的时间一晃就过去了。有人听说爸爸再婚，特地跑来看他的新妻子。我觉得她一定是很乐意他们来看，她看上去没有一点儿不自在，跟那些人说话的时候也一直都非常高兴。

那天最后还来了个惊喜！当我们筋疲力尽，汗流浃背，同时也心满意足地踏上回家路的时候，我回头看了一眼山谷。就在这个时刻，映衬着傍晚的天空，草地那边燃放起了今天的最后一组烟花！就连丹尼尔都欢呼起来，这是唯一的一次，他没有抱怨也没有羞答答地比较，说在波士顿会怎样怎样。

1831 年 7 月 7 日，星期四

又是炎热的一天，没有一点儿要下雨的迹象。今年覆盆子的收成很差，我们甚至在犹豫到底要不要费力气把它们制成果酱。

因为最近天气总是很干燥，爸爸每天都在担心我们会遭遇火灾。我们在家里存了好几桶水，做饭的时候都特别小心。

今天放学回家的路上，我们发现光脚丫踩在干软光滑的浮土里都能陷进去了。

希普曼家的人吃过晚餐后来我们家玩了，现在已经回去了。

1831 年 7 月 8 日，星期五

玛莎今天被蜜蜂蜇了，现在脸肿了起来。被蜇之后，她居然没有立刻来找我，而是去找了她——她立刻放下手里的活计拉着玛莎去了厨房。她用少许的水跟盐和在一起，直到盐粒粘成一片，敷在了玛莎被蜇的地方。这是一个我们以前不知道的、后来证实还挺有效的方法。

我坐在高脚凳上看到了整个过程，那会儿我正用膝盖夹着桶搅拌奶油，希望快点儿弄好。后来她又陪着玛莎坐了一会儿，还给玛莎唱了几首逗趣的歌。我们的妈妈以前也会这么做，妈妈曾经做过一次，是为了我。

1831 年 7 月 11 日，星期一

我们听说政府筹不到足够的钱来建邦克山纪念碑，他们已经在到处游说募捐了，可是收效甚微。六年前，她曾经带着丹尼尔去听过募捐者的演说，当时从法国来的拉斐特将军和我们的参议员丹尼尔·韦伯斯特都在那儿。丹尼尔说他和参议员是一样的，因为他俩的名字是一样的。"而现在，"她用一种讲故事者表明态度的着重语气说，"我要跟你骄傲地说，参议员韦伯斯特先生也

是新罕布什尔州的一个农家子弟!""哇!"我和玛莎都欢呼起来。但是丹尼尔看上去不是很高兴。

不出所料,韦伯斯特先生做了一场鼓舞人心的演讲,他是一个出色的演讲家。在演讲中他说那个纪念碑——因为其高度和位置——现在可以迎接进入波士顿港口的航行者。反过来看,他觉得这个安排同样很好,离开家乡的旅人在出发的时候就能再最后看一眼家乡的纪念碑。

1831 年 7 月 12 日,星期二

丹尼尔找到了一个最为合适的词,让我和玛莎也可以用来称呼他的妈妈。

"安妈妈。"他把她的名字和"妈妈"结合在了一起。

不巧,被她听到了。

"丹尼尔!"她大叫起来,"你这个主意真是太棒了!这么叫有点儿像法语,而且听起来好时尚啊。"

尽管如此,这个称呼还是让我觉得挺满意的,她故作轻松的那番话也掩饰了真实的情感。后来我跟她说:"晚安,安妈妈。"

我俩都知道,这是我第一次直接称呼她。

1831 年 7 月 13 日，星期三

丹尼尔教我算算术，为了给他一个惊喜，我打算明年冬天给他织条围巾，要染成灰胡桃色，还要缀上流苏。

1831 年 7 月 14 日，星期四

在 7 月 4 号的那场因为燃放焰火而引发的火灾中，梅勒迪斯的一个男孩重伤不治。安妈妈说，人们为了庆典付出了惨重的代价。

爸爸说这种事是难免的，只要我们还要庆祝独立日，只要我们的国家还热爱我们赖以生存的自由，而我们也确实热爱自由。

"你知道我和你一样热爱自由，"她激烈地反驳道，"但绝对还有别的方式来表达我们的快乐，而不是像这样一年又一年以人的生命作代价。"

"你还记得泽布伦·普雷斯顿吗？"希普曼先生问，"他的耳朵被炸飞了，当时他就站在那儿，血不停地往下流，而他自己甚至还不知道发生了什么事。"

安妈妈让希普曼先生不要再说了，可我却听入了迷！普雷林顿先生，面粉磨坊主，我跟他很熟。有好多次，当他和爸爸聊天的时候我都盯着他的脑袋看，他

A Gathering of Days 123

的脑袋上有皱皱巴巴的伤痕。原来那些伤痕是这么来的啊，我以前都不知道。

普雷斯顿太太，磨坊主的妻子，身材很壮，而且长了很多粉刺。她为什么要和一个有残疾的男人结婚呢？是不是别无选择呢？他们家有好多小孩，最大的一个和玛莎差不多大。

1831年7月15日，星期五

豆子。自从豆子熟了我们就整天吃豆子，早餐是豆子，晚餐也是豆子。我们还把豆荚剥开，把豆子晾干了为冬天做准备。

好像每年都是这样。我发誓我真的再也不想见到豆子了。安妈妈说我那是没有远见，而爸爸则用严肃的语气对我说："对于粮食丰收，每个人都应该心存感激，不能有半点儿埋怨。如果我是你的老师，凯瑟琳，我会让你用笔把这句话写下来的。"

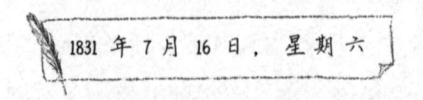

1831年7月16日，星期六

在夏天的晚上坚持写日记，真是不容易啊，我就简单写几句吧。我们那位温柔又善良的老师，她对年纪小一些的学生比对我们好多了。

凯西和我还是最好的朋友，不过我们之间的交谈没有以前那么多了。我现在经常和安妈妈聊天，而凯西和丹尼尔——谁能料得到呢，他俩竟互相爱慕了。有一次我跟凯西提到这事的时候，她虽然嘴上不承认，可是那迅速涨红了的脸却明白地确认了我的猜测。阿萨总是拿她取笑，我觉得这样挺不好的。

1831 年 7 月 17 日，星期日

安妈妈说："他们那样来理解鸟和春天的关系是不对的，一只就足以表明一个季节的到来了[1]。要是一大群鸟都飞到草地上，那就是一大堆鸟罢了，而且还是糟蹋粮食的好手！"

---

[1] 此处意指英谚：One flower does not make a Spring;one swallow does not make a summer.——编者注

第十四章 黄鹂鸟·在户外上课·爸爸的故事·凯西的悲剧

1831 年 7 月 25 日，星期一

霍尔特老师和露西·马森姨妈要结婚啦！凯西说露西姨妈比霍尔特老师年纪要大一些，不过也大不了多少，没什么关系。他们还没有确定婚礼的日期，至于婚礼是在这儿还是在露西姨妈的老家马萨诸塞州的塞勒姆举行，也还没有决定。

凯西和我都特别希望婚礼可以在新罕布什尔州举行，因为老师和露西姨妈结婚了，以后希普曼家的孩子会叫他爱德华姨父，我和玛莎也想跟着这么称呼他。

我们是在希普曼家人之后首先得知这个喜讯的。

安妈妈说，如同悲苦的时刻是对我们信仰的考验一样，这些幸福的时刻就是对我们信仰的奖励。苦有时，乐亦有时；若你质疑这一点，那只说明你的信仰并不坚定,你的服从并不纯粹。

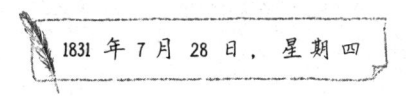

1831 年 7 月 28 日,星期四

今天,当我和凯西还有索菲一起从学校回家的时候,我和凯西聊起了露西姨妈,说她看起来好开心。

忽然,索菲大喊了一声:"我真是受够了她那么开心了。

"怎么可以这样呢?你们想过我的感受吗?等我去了工厂做工……你们俩还会记得我吗?噢!我会给你们写很多很多信的,你们也一定要给我写信!"

"怎么了,索菲?"凯西说,"你才是那个有了新的环境和朋友而忘记写信的人啊,而我们俩还会和以前一样——"

"你保证,"索菲说,"你能保证给我写信吗?"

"我保证。"凯西严肃地说。对于我们的朋友索菲这突如其来的情绪,她感到有点儿意外。

接下来我们听到一阵大喊大叫,是丹尼尔和阿萨飞快地朝我们跑来。我想即便他们看见了刚才那个惆怅的时刻,他们也一定不会承认。很快,我们大叫着,欢呼着,翻过了栅栏,冲进了田野——这条路稍微有点儿难走,不过是条回家的捷径。

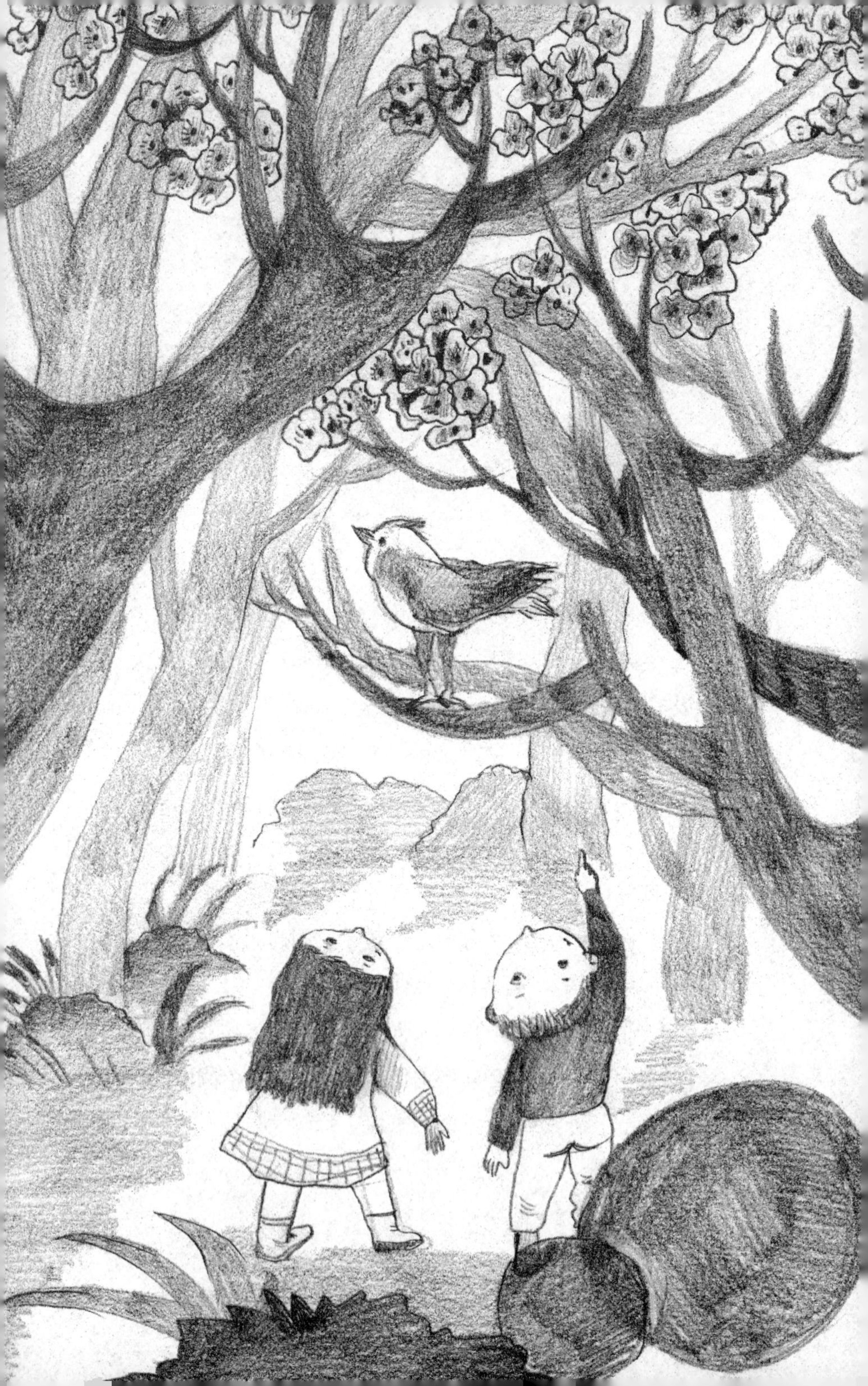

1831 年 8 月 1 日，星期一

终于，昨天晚上下了场暴雨！可是爸爸觉得这场雨对于挽救那些缺水的玉米来说，为时已晚。也许好歹能救回来一些。安妈妈担心的玫瑰现在倒是变得枝叶挺拔了。

1831 年 8 月 2 日，星期二

当我们从学校门口的那条路走下去时，看见有人站在那儿——不是约书亚还有谁！他本来被安排了带牛去舔盐的，特地绕了远路，以便在放学的时候到学校这里来。约书亚和我、凯西和索菲一起走，边走边说这说那的。约书亚建议我们到树林里去，凯西和索菲不想走那条路，于是我和他跟她俩分头走了。不过我们一直来来回回地互相提醒着第二天要注意的要紧却琐碎的事情。很快，我和约书亚就走进了树荫中。愈往里走，林中愈发安静、凉爽。

更加不虚此行的是，我们发现了一只美丽的黄鹂鸟，当我们慢慢地走近时，它就停在那里一动不动。我们安安静静地观察了它很久，仔细地看它的每一根羽毛。我真希望当时手里有笔和墨,我真想写生,把它画下来。

现在我们仍然记忆犹新——多漂亮的鸟儿啊,它还在高傲地昂着头呢!

1831 年 8 月 3 日,星期三

炉火,冬天的时候它是我们的朋友,而现在却是暴君!我很害怕每天早上去生火,只要丹尼尔一埋怨要顶着日头在田里干活,我就马上提议和他对调——他去把水壶搬到火炉上,或是在锅里冒蒸气的时候,到火炉边去照看。

安妈妈的脸被晒黑了,不过她并没有抱怨。她又白又嫩的皮肤变得粗糙了,脸颊变成了红色,和我的一样,尽管她出门时候一直戴帽子。她已经不讲究什么时髦了,像个农妇一样扎起头发,挽起了袖子。

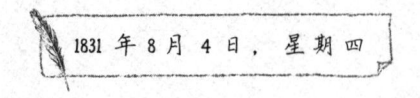

1831 年 8 月 4 日,星期四

娥法老师有时会允许我们到户外去上课。在户外上课那些天里我们会聚在大树下,那些最小的孩子都围在她身边,一个小婴儿甚至直接躺在了她的腿上。每当这种时候,她会面带微笑地叫那孩子"可怜的小家伙",或者是"漂亮的梦想家"。

然后我们嗡嗡的念书声就和蜜蜂嗡嗡的催眠声展开了竞争,慢慢倒向一面,也就是幼儿们更加提神的吟诵短诗的声音,还有字母表。

而我们则开始练习三音节单词,我们没有告诉娥法老师其实我们早已经学过这个了。

Bru-tish-ness(粗野)
Fruit-ful-ness(结实的)
Love-let-ter(情书)
Jew-el-ler(犹太人)

我想起了那个犹太货郎,想起了他卖给我的剪刀。他还会再来吗?

我的被子,我已经缝好了七块布,还有好多没做好!

1831年8月5日,星期五

丹尼尔和阿萨约好了先帮对方干活儿,再一起去钓鱼。爸爸远远地看着他们,然后走过去给了他们一些指点,他们俩都礼貌地听着。

安妈妈冲他们喊:"一定要小心啊!"丹尼尔没有回应。毫无疑问,他在波士顿知道如何行事,但在乡下,就显得有点儿鲁莽了。

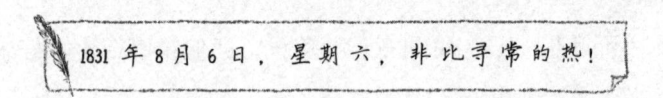

1831 年 8 月 6 日,星期六,非比寻常的热!

猫儿们一动不动地趴在谷仓门槛上,那些老旧的、平平的、硬硬的石头整个清晨都处于阴凉中。可怜的小猫们热得一动都懒得动!一只老鼠从它们面前跑过去时,小猫塔比肯定看见了,但它甚至都懒得去抓。

因为热,大家都行动缓慢,可还有活儿要干。不过我们心里都暗自希望可以像小猫塔比那样,也可以躺着歇息。

1831 年 8 月 7 日,星期日

再讲一个爸爸的故事。

当他还是个小孩的时候,有一个特别特别穷的女人住在梅勒迪斯的中心附近。她的孩子们在冬天里大多打着赤脚,常常衣不蔽体,面无血色。

有一天,这个女人到一户人家去讨要黄油。当那家农户的妻子说他们也没有黄油的时候，女人居然勃然大怒。她哑着嗓子嘶叫："你最好是有！"然后她就跑进了那家人的院子。

于是农夫好心的太太坐下来搅拌黄油，可就是做不出来。这时好心的太太想起了这个女人的恶言恶语，把火拔旺，把锅端下来，然后把铁钩拿到火上去烤。当铁钩烤得像炭火一样滚烫的时候，她把铁钩放进了搅拌器，蒸汽一下子升腾起来。她便再次搅拌，黄油很快就做好了。

两天后，太阳下山的时候，一个孩子到这家来敲门。"我妈妈生病了，"孩子哭着说，"噢，求求您，去看看她吧。"

好心的太太赶紧穿上斗篷，摸黑出了门。很快她就到了那个女人简陋的房子里，虽然她特别不想上前，可还是走到了那个女人的床边。一看到女人的脸，她就立刻就意识到已经太晚了，女人已经无药可救了。女人很快断了气，她的身边只有她那些可怜的孩子和那位邻居太太。

讲到这里时，爸爸停了下来，深呼吸了一口气，才继续往下讲。

镇上方圆几英里的人都说，大家准备把她的遗体放进坟墓里时，人们在她身上发现了一处新的烫伤，那个形状很像老式的铁钩，和那位好心的太太做黄油时用的那种铁钩一模一样。

我一直不停地在思考这个问题:那些可怜的孤儿后来怎么样了,那个女人身上怎么会有那道烫伤呢?

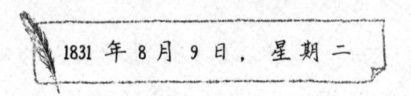

1831年8月9日,星期二

天气依然热得离谱。虽然我已经极力保持平静,可还是忍不住想抱怨。只要听见我抱怨,安妈妈就会对我说,我们家有那么大一个夏天用的厨房,可以最大程度使整栋房子免受热气的骚扰,这已经是多么幸运的事!有一天她还说:"想想吧,要是你们在城里生活,每条街上都有一百个炉子,谷仓后面也没有小溪,那多可怕啊。"

被她称作"乡下生活"的日子对她来说依然充满了魅力。

"凯瑟琳,"她会把手放在屁股上,她总喜欢这个姿势,然后说,"过来看看这个!"又或者当我们去草地上摘莓子的时候,她会说:"凯瑟琳,你看见那片叶子了吗?那片叶子是不是过早地染上了秋天的颜色?"还有:"快看那朵怒放的花!我以前从没看过那样的花!"接着她会问我那种叫什么名字,要是我不知道的话,她就会让我仔细观察花的样子,回家以后画出来让爸爸辨认。

1831 年 8 月 10 日，星期三

今天，长着黑色条纹的塔比生下了四只小猫，每一只都特别可爱！我们都知道它快生了，只是没料到会这么快。

凯西最喜欢那只纯白色的小猫，我则喜欢那只黑色的，它的两只前爪尖尖的。

它们好小啊，我们都不敢抓在手里。看它们蜷缩着身子，睡得可香了。

1831 年 8 月 11 日，星期四

凯西、安妈妈、希普曼太太和我今天几乎一整天都在摘越莓。妇女们和女孩子一样喜欢八卦！我们发现了很多很好的莓子，够做好多馅饼和布丁了。布丁里再掺上夏天的牛奶，会浓郁得像奶油一样。

天还没黑，我们的手臂上已经横七竖八地添了很多道伤口，莓子和荆棘长在一起，你中有我，我中有你。我觉得这是一个值得所有人谨记的教训，可当时我们当中没有人发现，就连凯西的妈妈都没有意识到这一点。

我也不知道自己最喜欢哪一样,是摘莓子,因为莓子又酸又甜,还是等我们摘够了,去小渔夫帽池塘把自己洗干净,然后再回家?池塘里的水清澈而沁人心脾,也不算太冷,可是,凯西却着凉了。不过,这对她来说也是常事。我注意到当我们告别的时候,她的手还是冰凉的。

明天我们要聚在一起,把摘到的莓子分类,还要把其中的茎秆挑出来。

1831年8月12日,星期五

可能是因为着凉,凯西发烧了,她今天没有来上学。后来小威利还来我家,说他们不能按照约好的那样来我家玩了。

丹尼尔闷闷不乐,想和阿萨一起到镇上去,可是安妈妈说去镇上的话两个人没有一个人快,不准丹尼尔去。

1831年8月13日,星期六

安妈妈神情凝重地从希普曼太太家回来了。凯西的病情突然急剧恶化,医生被请到了家里。为了抑制病情,医生大肆使用了水蛭疗法。结果,凯西越发虚弱和苍白,连喝口汤都费劲了。

"可是查尔斯,"把晚餐摆上餐桌后,安妈妈说,"一定还有别的办法,还有别的医生吗?"

爸爸打断了她的话——我觉得有点儿粗暴,说:"你忘了,这里不是波士顿。"

"可是查尔斯,假如那是我们自己的孩子呢?——丹尼尔?凯瑟琳?小玛莎?你还会说一样的话吗?"

"我跟你说了,"他说,"这里不是波士顿。我们这儿只有一个医生,而他尽力了,就这样。"

1831 年 8 月 15 日,星期一

今天依然很热,期待中的暴风雨一直没有来,很糟糕的一种境况。

他们说凯西稍微好了一点儿,我在路边摘了些野花,希望能够见到她。她妈妈说她在休息,不让我进去看。可我不光是想把花送给她,我必须要和她说说话。不仅仅是我有话要对她说,我还要转达学校里的老师和同学对她的问候。

> 稍晚，写于月光下

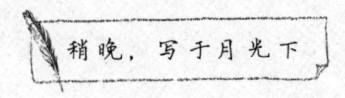

蝉大声地嘶鸣，都把我吵醒了。他们怎么会觉得秋天就快到了，怎么会觉得夏天已经过去了！

> 1831年8月16日，星期二

凯西的病情又有变化，好像更糟糕了。我们听说她妈妈决定选择听天由命，以此来保持冷静。

"但是治疗效果一目了然，查尔斯！严重了，比上个星期天还要严重！天哪！我真不忍心看下去，可是我必须得去，我当然要去，我决意尽力帮忙。"

过了一会儿，大家什么都没说。于是安妈妈又说："你知道人要跟死亡对抗……我已经做了，你呢，你不做吗？你是不是又要像以前那样说'这里不是波士顿'？噢，查尔斯，原谅我这么说。"她说完，转过身迅速打开门，冲了出去。

不久，安妈妈回来了。她已经冷静下来，她把头发扎成辫子，扎得紧紧的，盘在耳朵后面。然后她坐下来，打开了书桌。爸爸转过头去看她，有些吃惊。最近安妈妈总是情绪激动，可是这次，面对爸爸无声的疑惑，她没有表示出丝毫激动。"我决定了，"她解释道，"我要直接写信给我在波士顿卖书的朋友,我已经意识到我急需更多的医学知识。"

杰克叔叔后来到家里来了,他们在外面坐了一会儿。

1831 年 8 月 17 日,星期三

他们说,尽管我们担惊受怕,凯西其实好了很多。今晚我们都很开心,我注意到,连安妈妈都开心起来。也许不久之后,我们又要重新开始摘莓子了,还要开开心心地去摘别的果子。

今天我看见大路旁边北边低洼处的那片田地里的灌木已经果实累累。我们没去摘果子,起码那些小鸟会挺开心的!不过我们也用不着嫉妒——最近的莓子大丰收,够我们双方吃的。

今天我又赢了拼写比赛。

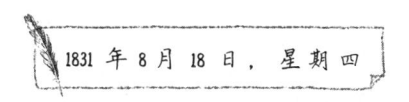

1831 年 8 月 18 日,星期四

昨晚,不太晚的时候,暴风雨终于来了。然后爸爸讲了那个海上老人的故事。谁都没有更好的故事可讲了,在听到爸爸最后念的那几句诗时,尽管我了然于胸,还

是不由自主地颤抖起来：

> 属于大海的男人，来吧，听我说！
> 爱丽丝，我的妻子，我命中的劫数，
> 让我祈求你的恩赐！

故事讲完了，大家都没有说话——最后那个部分讲的是当他们又变穷了，因为爱丽丝贪得无厌。我记得我私下里也曾希望可以不劳而获。我很高兴能在爸爸温柔的指引下回到正途，这是我从故事里学到的东西。

"那是你小的时候发生在霍尔德尼斯的事情吗？"玛莎问爸爸。

每个人都冲玛莎大笑起来，羞得她冲进了房间。

丹尼尔站起来，跟着玛莎跑了进去。我听见他的声音从开着的门里传出来："别介意他们笑话你，我小的时候也会相信故事里的事儿是真的。但那时候我住在波士顿，我还以为故事就发生在波士顿呢！"

1831 年 8 月 20 日，星期六

凯西死了，在睡梦中离开了人世。我……

第十五章 葬礼·连衣裙·怀念·艺术天分·痛苦

1831 年 8 月 22 日，星期一

包括我、玛莎还有索菲在内的十二个女孩子被选中参加了葬礼。我们都穿着白色的裙子，怀抱着一大捧野花（和我之前摘过的是一样的）。约书亚和泽迪亚也在——约书亚身上的衣服有点儿小——还有普雷斯顿家所有的孩子。

当我们朝墓地走去的时候，钟声回荡在空中。天气是那么晴朗，天空是那么干净，就像是在等着我们去赞美。可是我们的眼里都充满了泪水，就连男人们都在低声抽泣。

他们说，凯西的爸爸已经为凯西写好了墓志铭，她可以安息了。一共有四行，她应该拥有四行墓志铭：

> 她到我们身边走了一遭，
> 为我们带来了欢乐和幸福。
> 我们本以为她是上天送给我们的礼物，
> 却不料上天只是将她短暂地借予我们。

只听了一次，这些伤心的句子就一直在我的脑海中回荡。我觉得这句子真的很美："却不料上天只是将她短暂地借予我们。"我会永远记住凯西——为了凯西，我会尽量变得善良，就像她一样。

1831 年 8 月 25 日，星期四

我们几乎见不到安妈妈，最近她总在希普曼家，帮着做点儿力所能及的事情。她有点儿异乎寻常地平静，其实，自从那天以后她就再也没问过任何问题。我知道，我爸爸还有爱德华姨父都问过希普曼先生有没有什么可以帮忙的，都被他坚决地谢绝了。

昨天，露西姨妈死活要把自己的漂亮连衣裙拿出来——一件不留——要用大染锅染成丧服。连衣裙的纹路非常精致，有小树枝的花纹看起来非常素雅！我清楚地记得，当我们第一次看见露西姨妈的衣服时，我们大家，包括凯西，都特别喜欢它们精美的裁剪或——现在

这都无所谓了。

安妈妈说:"我不明白他们都是怎么做到的。希普曼先生,希普曼太太,大家都很冷静,大家都那样无动于衷。"

有一次,爸爸试图给她解释,说乡下的生活本来就很艰难,乡下人必须学会接受现实,不然他们肯定会崩溃的。不过今天,爸爸只是叹了口气,说:"我懂你的意思,我懂。"

1831 年 8 月 26 日,星期五

一个星期以前,凯西还活着!要是当时我知道她的日子不多了——

也许这是好事吧,毕竟,我们最后的告别充满了欢乐和对未来的期许。

1831 年 8 月 27 日,星期六

我们应该……通过学习我们的朋友的美德来怀念她,而不是在无用的悲伤中消沉下去。

——《拼写书》最后一页

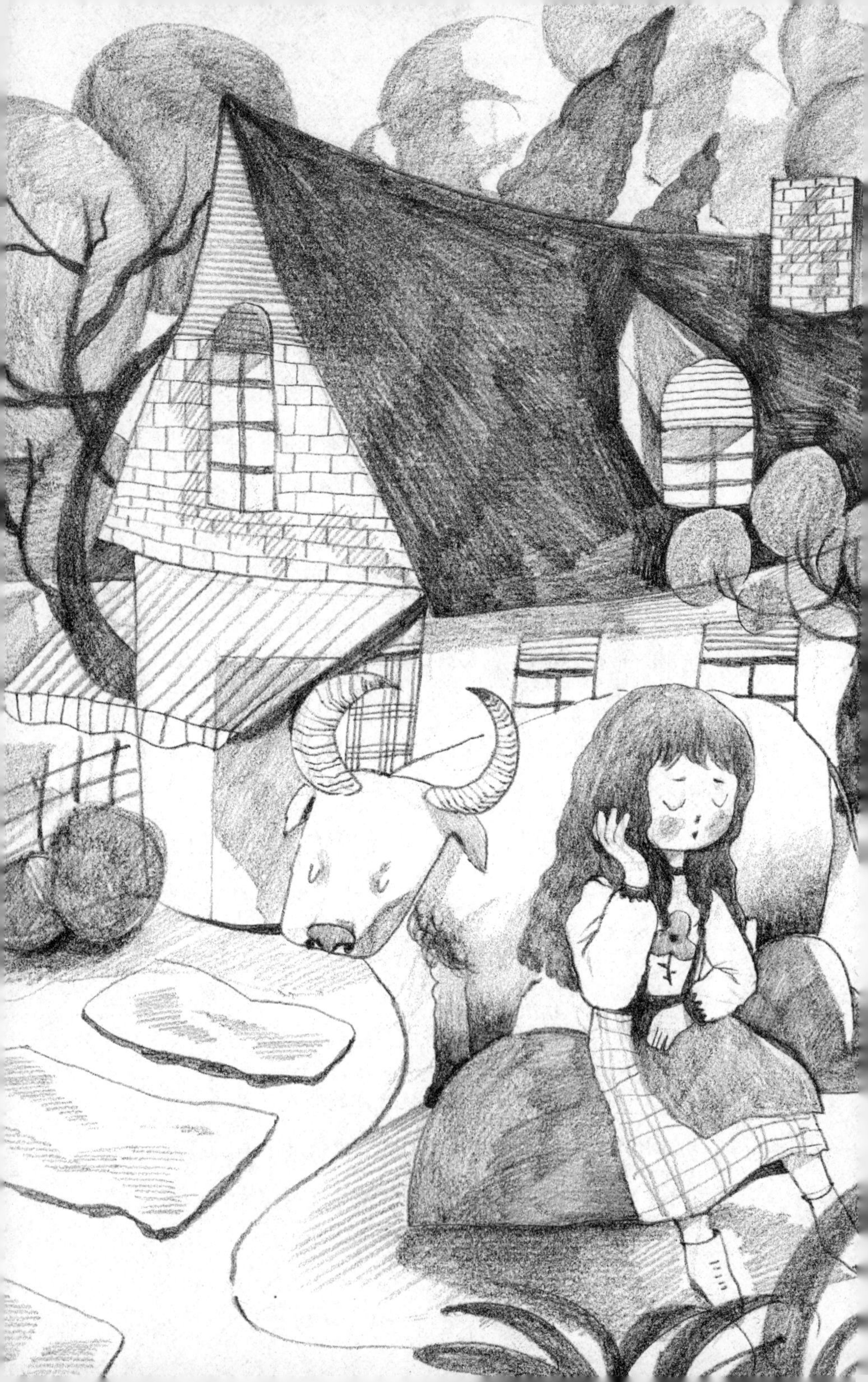

我尽量用这句话来开解自己。可我总是想着凯西,总是怀念她,心里非常难受。索菲也是。今天索菲说:"你还记得那天我们一起回家,我让凯西保证一定要给我写信吗?我是多么自私又粗心啊,现在,她,她离我们好远好远。"

"不!"我不同意,"她跟我们更加亲近了,因为她活在我们的心里,在我们的爱里。"可那只是说说罢了,我心里清楚,索菲是对的。

下午,我赶着牛,经过了希普曼家的房子。我的眼睛不由自主地就望向了那扇窗户,曾经属于凯西的窗户,我对那窗户是那么的熟悉。我真的不敢相信她已经不在了,不敢相信以后我在路上喊她名字的时候她再也不会答应我了!就在那儿,在那个平台那里,我们经常交换各自的小秘密,那些或开心或愚蠢的心里话。

希普曼太太说,那天早上,当他们发现凯西走了的时候,凯西的脸非常的平静,那永远也不会再说话的嘴唇,还保持着微笑的形状。所以,凯西的妈妈说,我们必须相互信任以证明我们永恒的爱,与平等的信念。

与此同时,安妈妈一直在等着她要的书。"也许,"她说,"也许在书里什么地方真的会讲到如何治疗这种病呢?难道我们不该学习学习,以防下次再出现相同的情况吗?"

安妈妈、希普曼太太,她们俩都是聪明的女人,可是她们在面对这种丧事的时候采取的态度却很不一样。我自己的妈妈会说什么呢？她死的时候没有微笑。我应该相信谁的话呢？

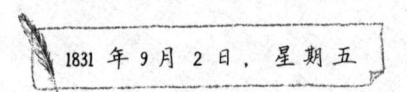

1831 年 9 月 2 日，星期五

今天，我摊开书后，本来应该练习写字母的，可是一直在画花和蕨草的叶子，这时大卫出现在我家门口。我本以为他是来找丹尼尔的，结果他是为了别的事：他给我们拿了些石灰来，冬天保存鸡蛋时用。他说他家买多了，很高兴能分给我家一些。

有人在背后说安妈妈和希普曼太太好不容易成了好朋友，结果又因为安妈妈对医生治疗凯西的事颇有微词而影响了关系。我觉得根本就不是那么回事，希普曼家好心来给我们送东西就是最好的证明。

办完事后，大卫并没有马上离开。他看着我拿起笔来继续画画。

"画得真漂亮，凯瑟琳。"他看了一会儿说。然后他直接从我手里拿过笔，画了一只可爱的小老鼠，仿佛是在偷看我画的小雏菊。我以前不知道大卫有这样的绘画天分。只是凯西没有"艺术天分"，她过去也总这么说我。

1831 年 9 月 4 日，星期日

今天早上的祷告提醒我们，虽然有时候我们要承受巨大痛苦，但他人的痛苦可能会更多。仅仅五年前，卫莱一家遭遇山体滑坡的事件就充分佐证了这一点。昨天晚上吃完晚餐后，爸爸又把当年的悲剧讲了一次。

那是 1826 年，在山区一带经常发生山体滑坡事故。受影响最大的，就是那些住在克劳福德峡谷陡峭山脚下的人家，而卫莱家就住在那里。

那天下午，远处传来了不祥的轰隆隆的声音，预示着有可能会发生山崩。没有人知道到底发生了什么，也没有人知道卫莱一家是什么时候决定从自家被危及的房子逃出去的。令人悲叹的是，最后他们一家人都死了。

救援人员找到他们的时候，发现他们是被滚落下来的岩石砸死的。那些石头从田地里冲过去，所到之处，一切都被摧毁。救援人员说，当时卫莱家的人手里还攥着一些想要抢救出来的东西：一本书、一张画，还有一个洋娃娃。

而他们逃离的那所房子，在灾难中却完好无损！石头是从屋子的两侧滚下来的，没有损坏房子的一门一窗。

虽然救援人员已经不抱任何希望，可他们还是进屋去看了一下。屋子里只有一片死寂，仿佛那死寂想要说话似的。

丹尼尔呜咽了起来，那是奇怪的、痛苦的、少年的呜咽。然后他跌跌撞撞地走出了房间。我忽然间才想起来，我居然残忍地忘记了，他也爱着凯西。

1831年9月5日，星期一

今天，把清洗日的水壶烧上水以后，我就腾出手来，帮安妈妈把草药串起来。之前我们一起去采了草药，还把它们分好了类。我们采了很多艾菊、胡椒还有荷兰薄荷。（她特别喜欢喝加了胡椒和薄荷的茶，浓浓的非常暖胃。我们看起来消瘦的时候也会喝这种茶。）我们还从花园里采了黄樟树根和紫草。

阿萨、大卫来和丹尼尔待了一会儿。他们三个已是很亲密的朋友，现在凯西不在了，他们有时也会带上我。

1831年9月6日，星期二

我缝被子的进度落后了很多，安妈妈说我可能得加班加点地干活了。

"你的这条被子，有名字吗？"今天大卫这样问我。

"航海罗盘。"我飞快地回答，然后给他看了下样式,"安妈妈还没来这里之前,就打算要做这样一条被子了。"然后我把这条被子的意义按照安妈妈跟我说的那样,跟他们说了一次。

"可这有什么用呢?"阿萨说,"被子在波士顿,可是水手在大海上啊。"

"喂,得了吧,阿萨,不是那个意思!"可是我不由得大笑起来。大家也都笑了。

我忽然意识到,这是凯西死后我们第一次这样大声笑出来。

第十六章 布娃娃·旧伤·独立战争·北极光

1831 年 9 月 7 日，星期三

今天玛莎居然在玩布娃娃！她已经好久没玩过布娃娃了，我都把她的那些布娃娃给忘了。我得向它们道歉，因为它们都变得脏兮兮、乱糟糟的！我和玛莎尽力把布娃娃都打扮得漂亮一些，连安妈妈都坐下来帮我们，她一时兴起，还当场用一块布给其中一个布娃娃做了一顶帽子。

我还记得以前我每天都会玩这些布娃娃，一玩就是几个小时。不过那都是很久以前的事了，那时候我还很小。

1831 年 9 月 8 日，星期四

那些小猫长得真快，都能四处乱跑了。我看到那只白色的小猫已经能在田里独自觅食了！它有一双漂亮的翡翠般的眼睛，灵动又活泼。

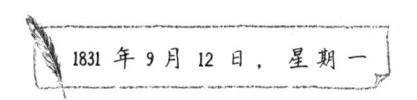

1831 年 9 月 12 日，星期一

爸爸今晚很不舒服，以前的旧伤发作，很疼，可他决定不管它。我们都知道他一向固执——现在也是——不把草全部割好、晒干，他是不会停下来的。

"我们家现在人口多了，全家人都要吃要住，"他对安妈妈说，"你来这儿已经牺牲很多了——"他没有再说下去。

我在想，他偶尔是不是也会想起最初和他一起生活在这里的那个人？我沉浸在对凯西的缅怀中时，让我又想起了那些不堪回首的日子——那天，屋子里的镜面被翻过去扣在墙壁上，我早上醒来的时候闻到了木头的气味，然后就看见了两口新做的棺材。妈妈的棺材大一些，弟弟的小一些，两口棺材都放在家里。

1831年9月13日，星期二

今晚我们听说南方的黑奴起义了，波士顿的报纸上就没报道别的。很多人被残忍地杀死了，甚至包括妇女和儿童。大多数参与起义的黑奴都被抓住，枪毙了。以纳特·特纳尔为首的起义领导者被关进了监狱。

起义发生在8月21日，就在凯西去世的第二天。奇怪的是，人们在说起死亡和屠杀的时候，竟然没有流泪。那些死去的人，他们也都有亲爱的家人啊。

安妈妈说我们应该对所有死亡都心怀悲悯，那么，那些我们不清楚生平，没见过样貌，连名字也不知道的陌生人，对于他们的死亡我们也应该心怀悲悯吗？加里森先生曾经写过一句名言："全人类都是我们的同胞。"这话就是这个意思吗？我又想起了遭遇山体滑坡的卫莱一家，老天怎么能这样一而再、再而三残忍地对待我们？

1831年9月14日，星期三

又是暴动的消息。

杰克叔叔今天拿到了最新的《解放者报》。关于最近的奴隶起义,加里森先生报道说:"1月时的预言如今已经变成了血淋淋的现实。"尽管编辑先生不能这么说,可他陈述说:"这场杀戮是可怕的。"然而在评论那些镇压者时,他坚信:"他们和希腊人镇压土耳其人,波兰人绞杀俄国人,还有我们的先辈消灭英国人一样,无可厚非。"

看到报纸上这样评论独立战争,我们大家都着实吃了一惊。安妈妈说,以后家里再也不准看这个报纸。

太子港发生了飓风,七百人遇难。

1831年9月15日,星期四

关于奴隶起义的讨论有增无减。很多人都觉得应该在非洲给黑人们建立一个新国家,就叫利比里亚。不出所料,反对意见大多来自南方那些大种植园主。他们非常依赖黑人免费的勤劳工作。反对的理由五花八门,有的听起来还挺人道的。比如,他们说黑人很难自立,一直都是依附于主人生活,靠主人照顾。还有,他们说有的奴隶根本就没有要离开主人的愿望,难道要逼着他们走吗?如果那样做的话,不就和当初把他们抓到这里来一样残忍吗?

爸爸赞同重新安置运动。让我们意外的是,杰克叔叔激烈地反对。叔叔认为南方人更了解黑人，跟他们的关系更紧密，他们比北方的农民更了解怎样做才对黑人更好。

而我，现在非常肯定，我帮助过的那个逃跑的人一定是个逃跑的奴隶，不会错。

1831 年 9 月 16 日，星期五

割草，晒草，收草！丹尼尔和爸爸一起努力地工作，他说很想重新回到学校。

爸爸幽默地回应了这件事。他对安妈妈说："我跟你说过，我们应该把他变成一个乡下男孩，而现在我们已经成功啦！"

"这话怎么说？"安妈妈停下手里的活儿问。

"在这个时节，没有一个乡下男孩不想把手里的草叉换成鹅毛笔和墨水的！"

1831 年 9 月 17 日，星期六

昨天晚上，大家都快要休息的时候，北极光出现了，我们都从床上跳下来看。这是让我印象最深刻的一次北极光,虽然颜色没有以前看过的那么艳丽,可是非常非常清晰。极盛之时,光影横跨过天空,划出清楚的闪闪发光的弧线,一直延伸到西边的地平线!然后它的性状就发生了彻底的改变,幻化成了缥缈的薄纱,在天空中起伏,泛起阵阵涟漪。

我们起码看了一个多小时,北极光才开始消失。这时大家才觉得好乏啊,于是赶紧又互道晚安。吹灭了蜡烛,我知道我会美美地睡个好觉。欢迎你,好觉。

1831 年 9 月 19 日,星期一

我们听说,露西姨妈因为凯西的去世而推迟的婚礼又提到日程之上了。霍尔特老师接受了一份教职,("我就觉得他会接受",爸爸这么说。)就在艾克赛特那边的一家男校。露西姨妈和他要赶紧搬过去,在秋季开学之前安顿下来。

露西姨妈希望可以在这里结婚,因为大家在这里一起依次经历了快乐、相亲相爱和忧伤的时光。希普曼家一开始反对,不过后来还是同意了。

1831 年 9 月 20 日，星期二

安妈妈今天批评了玛莎，因为玛莎拒绝做安妈妈交代的事情。安妈妈是这么批评她的："你必须学会去做一些我们希望你做的事情。高高兴兴地听从安排，"她进一步解释说，"才证明你听话。我不是说你只需要单纯地顺从，要深思，接受，然后服从！"

关于这个问题，我没少跟玛莎折腾。我想教会她，要听话，不能太随性。要学会这一点，对每个人来说都很困难，可是又很必要。

明天，索菲就要动身去洛威尔了，安妈妈说我们可以一起送她到桥边，祝她一路顺风。

第十七章 露西姨妈的婚礼·包裹·新老师·坚果丰收季

1831 年 9 月 21 日,星期三

送走索菲的那天,学期刚刚结束两天,也快到她的生日了。我们流了好多眼泪,她还是勇敢地迈出了脚步。她收到了很多离别小礼物,可我注意到,她只把一枚用头发编成的小圆环别在了衣服上。从颜色上看,头发是阿萨的。

我不知道你和阿萨现在发展到了什么程度,亲爱的索菲,祝你一切都好。

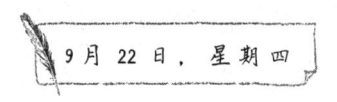

9 月 22 日,星期四

露西姨妈的婚礼将在星期天举行,比我们估计的还要早!安妈妈问我,要不要在婚礼上戴那顶她从波士顿给我买的帽子,我还一次都没有戴过呢。其实,为了让她开心,我愿意戴,可是我不想戴,以后也不会戴。

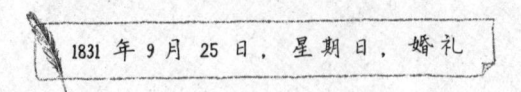

> 1831 年 9 月 25 日,星期日,婚礼

露西姨妈的婚礼就在今天举行!参加婚礼的客人几乎都在几周以前才参加过凯西的葬礼,希普曼家的人都还穿着黑色的丧服,除了露西姨妈穿的是洁白的婚纱,有些人觉得她这样不好。

我穿上了我最漂亮的一条夏天的布裙,为了固定衣领,还别上了以前我妈妈戴过的胸针。爸爸穿着他结婚时穿的那件西服,我必须说,很帅!安妈妈则穿着深绿色的绸裙,挽着爸爸的胳膊,同样很帅。

仪式非常简短——真的,我从来没见过这么简单的婚礼仪式!

自从这对新婚夫妇离开去旅行后,大家把他们的事情都给忘了,而现在他们回来了!大家用欢呼、尖叫和大笑迎接他们,铂金斯先生大声地问:"玩够了吗?"

"不够,先生!"爱德华叔叔大喊着回答,"这次新婚旅行太棒了,我简直还想再来一次!"

露西姨妈脸红了,看起来前所未有地漂亮。而这一次他们走后,就要去别的地方定居了。

1831 年 9 月 29 日，星期四

今天，邮局给我送来了一个包裹，包裹的标签上是我曾见过的粗糙的笔迹。就是这个笔迹，向我们传达了一个逃难的人的需求，为此我们还送去了一条被子。

我从未想过还能再次看到这个方头方脑、粗糙难看的字迹，可是就在一瞬间，我就立刻反应过来是谁写的了。我迫不及待地撕开包裹，里面是两件用钩针编织的蕾丝花边。还附着一张纸条，上面写着：

姐妹们，愿上天保佑你们。
我已经自由了。

柯蒂斯
写于加拿大

所有的疑问都解开了。

我们曾经帮助过的那个人，不是逃犯，也不是鬼影，他确实是一个奴隶，而现在他到了加拿大，自由了！

可是，为什么是姐妹们呢？怎么有两件蕾丝？后来我伤心地哭了。有一件是给凯西的。

1831年10月12日，星期三

冬季学期开学啦！我和玛莎、丹尼尔，还有阿萨一起去上学。虽然身边有同伴，可我心里更想念那些离开了的人。

安妈妈把自己的披肩送给了我。"这个颜色很适合你。"她说着把披肩围在我的肩上，在胸前打了个结。有那么一刹那，我们彼此看着对方的眼睛，可谁也说不出当时内心深处的那种感受。

这个学期，学校里有了比玛莎还要小的学生！玛莎特别骄傲，她升年级了，坐到了第二张长凳上。

至于老师，我不喜欢他。他的脸是三角形的，又小又窄，在表示强调和给每个论述下结论时，他总喜欢哼哼和咳嗽。我真是想念亲爱的娥法老师和爱德华姨父在这儿的日子啊。

年长些的男孩子都小心翼翼的，谁不怕那些放在教室角落的软鞭子呢？一共七根，都是新削的。新老师挑明了是（咳嗽）想（咳嗽）用鞭子（哼哼）来维持秩序。

约书亚也来了，凯西的葬礼过后，我还是第一次见到他。

> 1831 年 10 月 13 日，星期四

　　索菲的爸爸决定在初春的时候，举家搬到俄亥俄州去。他听说那里会有很好的土地，分配给准备去定居的人。他已经厌倦了这里的恶劣天气和凹凸不平又到处是石块的土地。至于索菲的工资，他说就花在有希望的地方吧。在这儿，他觉得没有希望，觉得自己的劳动得不到应有的回报。索菲的妈妈和哥哥不会马上跟她爸爸走，他们要等到宅地开垦出来，房子建好了以后才去。

> 1831 年 10 月 14 日，星期五

　　今天那几个画墙画的刻模版工又到了这里。他们已经在北方绕了一圈——一直到了北帕森菲尔德，那可是缅因州啦！现在，他们和大雁一样，要去温暖的地方了。

　　他们最先在希普曼家停了一下，在那儿，他们对希普曼家最近的丧事感到很难过。"她真是一个可爱的小姑娘，"一个年龄稍长的人说，"怎么这些事情，老是发生在夏天呢。"

　　虽然爸爸说我们没有钱画墙画，这群刻模版工却并没有着急走。过了一会儿，一个满脸络腮胡子的人说："听说你又结婚了。"爸爸接着说："还多了一个儿子。"

"已经成人了的儿子。"那个年纪较大的人纠正道,然后他端详了爸爸一阵,冲爸爸眨眼睛,想必是在心里仔细构思了一番。"结婚几个月,就有了一个已经成人的儿子!"他带着明显的笑意说出这句话时,把大家都逗乐了。

画工们百般游说,无非就是想要给新的霍尔太太画张肖像画。用最新的暗盒相机可以极大地提高速度,而且他只收一美元。爸爸还可以亲自给孩子们拍照,不需要额外再付费。

一番讨价还价之后,交易达成。我们大笑着,一个接一个依次坐在那架奇怪的机器面前。那是一个巨大的黑匣子,里面的零件会与许多的镜子和光影配合工作。然后画工让我们看着一个特殊的镜头,不一会儿,我们的样子就被印到了一张事先放好的相纸上,接着他再冲洗相纸,最后上色。

最终,这个事看上去很大程度上取决于操作者的技巧。肖像出来了,安妈妈的那张看起来跟她很像,而爸爸给我们几个拍的真是乏善可陈。我的那一张,我觉得是最难看的!我的眉毛粗得很不自然,而下巴小得简直都没了!

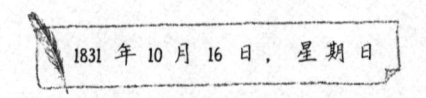

1831 年 10 月 16 日,星期日

落叶已经随处可见,新摘的苹果散发出的浓郁香气也

随处可闻。很快它们就能被加工成苹果酒,留到冬天享用了。

从教堂回来以后,我们见到了杰克叔叔,他说他赞成铂金斯先生的选择,还说自己也想去西部。我们不知道他是在开玩笑还是认真的,不过杰克叔叔确实说特别渴望到俄亥俄州或是西部别的什么地方去。

前不久杰克叔叔还说:"你们现在已经有丹尼尔帮忙了。"还有一次,我记得他说的是:"我时常觉得我做过的最好的事情,就是用花岗岩做了栅栏。"

自从安妈妈来后,他来我家的次数没有以前那么频繁了,而且好像他经常都觉得不自在,很可能安妈妈对爸爸的影响一定会削弱他的影响。

1831年10月17日,星期一

他们说那个犹太货郎最近又来梅勒迪斯了,可我们没见到他。有可能他是着急回家早就走了,现在已是深秋,晚上很冷。

摘自《拼写书》:

齐诺听说有个年轻人饶舌,于是就告诉

他，人之所以有两只耳朵却只有一条舌头，就是因为要多听而少说。

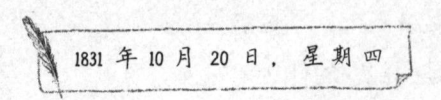

1831 年 10 月 20 日，星期四

爸爸今天去苹果酒作坊了，顺便还要去一趟霍尔德尼斯。安妈妈的处方书到了，卖书的人还特别叮嘱她关注《穷人之友》。这本书是专门写给那些在西部或其他的地方定居，在自己的居住地没有医生的人看的。还有一本《耿氏家庭医书》是一年前才出版的，据说里面有最新的经过实践检验的处方，可以满足每个家庭的基本需求。安妈妈说要考虑买这两本书，虽然价格不菲。

爸爸听说我们学校是目前我们这个街区最好的学校。教区委员会的那些人倒是开心了，不过我坚定地认为，如果他们是学生，就不会这么高兴了。

学校里仿佛每一天都有新的规矩出现，要是有人违反就会遭到惩罚。大卫、约书亚、丹尼尔，还有阿萨——几乎所有年龄大一点儿的男孩——都似乎铁了心要跟新老师对着干。他们傲慢地假笑，窃窃私语，等老师一转身，他们把脚伸出去，大声地摇晃凳子，好像凳子腿不平似的。他们经常被威胁要挨鞭子，可是每次新老师都

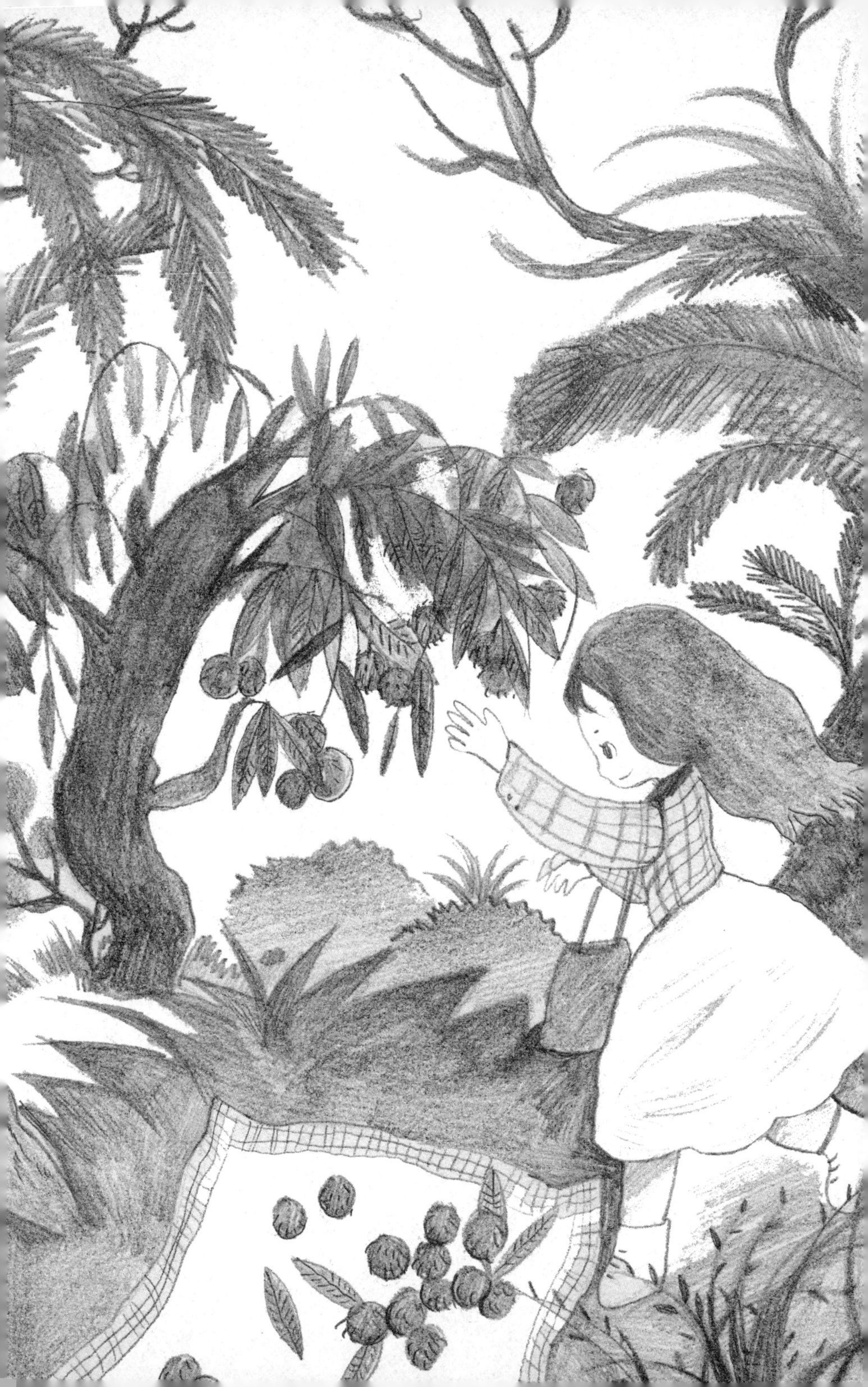

是吓唬吓唬，并没有真打。我真的很不喜欢这样，真不知道这种情况要到什么时候才是个头。

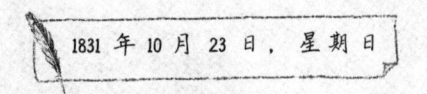

1831 年 10 月 23 日，星期日

今天，我们完成了本年度的采收工作，爸爸把自己小时候用过的巴洛刀给了丹尼尔。他叮嘱了丹尼尔好些话，仔细说了这把刀该怎么使用，还说没有任何东西能像巴洛刀这样提高效率。可是，我还记得那个叫纳撒尼尔的小弟弟，还记得当初爸爸对他说过的话。我知道爸爸还有些话没说：现在是过去的回报，也是未来的起点。

很久很久以前，在丹尼尔还没有到来之前，我曾经想过也许我会得到爸爸的巴洛刀……

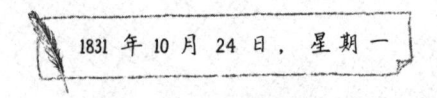

1831 年 10 月 24 日，星期一

噢，就像大家所说的那样，如果说收玉米和土豆是乡下孩子生活中的散文，那么采拾坚果就是诗歌啦！

栗子和山毛榉都大丰收了，还有一些山胡桃。另外，更让人开心的是，我最喜欢的油油的、圆圆的黄油果也结了好多。

这些天，树上都是一派金黄色的繁荣景象，但是仍然有小小的、漂亮的蝴蝶在草地上盘旋飞舞。这样美好的甜蜜时光能不能停驻不走啊！寒冷的冬天能不能不要来啊！不，当然不可能，我们已经开始在晚上生火了——最开始是因为要取暖，后来还因为要照明，白天变得越来越短了。

我坐在壁炉边继续缝被子，玛莎有时会来给我帮点儿忙——她的羊毛长袜刚刚织好了——安妈妈说她可以帮我。"我的三个姑娘。"父亲笑着说。安妈妈的脸红了。很快她就继续忙乎那张小地毯，她想在上面绣上自己设计的图案。安妈妈说我们家里需要增加点儿鲜艳的颜色，应该添几块毛毯垫脚。那块小地毯上绣着花环，花环中的每一朵花都是她来这里以后看见过和采摘过的花的样子。

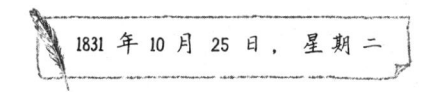

1831年10月25日，星期二

我该怎样开始讲述这件事情呢——我的预言全都实现了，有过之而无不及——新老师生气了！约书亚是罪魁祸首，还没有下课他就从座位上站了起来，所以老师要惩罚他。更要命的是，老师批评他的时候他一点儿都没有觉得惭愧。

"很好，那么，先生！"（咳嗽，咳嗽！）约书亚比老师的个子还高，这使得老师的样子看起来就像一只趾高气扬的矮脚鸡，正在咯咯叫着，仿佛在冲一只满不在乎的大公鸡发泄怒气。教室里从没像这么安静过，连最小的孩子都不写字了。然后，很糟糕的，居然有人笑了起来——

老师出离愤怒了，虽然最后的那声傻笑不是来自约书亚，老师还是把他叫到教室前面。然后，老师选了好几根鞭子精心地摆放在了讲桌上。

过了一会儿，老师大声地对我们说："统统记住！切记勿学！"他说这话的时候居然没有哼哼，也没有咳嗽，说得前所未有的快速流畅。

最后他拿起一条鞭子，挽起了袖子，并命令约书亚脱掉衬衣，背对着大家。约书亚笑不出来了，但在我看来，他是决意要扛过老师的惩罚了。大家都屏住了呼吸，我肯定是喘不过气了。

"你知错了吗？"老师咆哮着，举起了鞭子。

一切都发生得太快、太让人吃惊了，就在这个时候，大卫和阿萨冲了上去，一人一边抓住了老师的胳膊，而丹尼尔则趁机跑到教室后面去打开了门。然后，几乎是一瞬间，所有的男生都冲到了教室前面，他们把老师抬了起来，扔到了院子里！

回家以后，我们谁都没有提这件事情，可是爸爸肯定已经听说了。我敢发誓，对于丹尼尔来说，爸爸的沉默不语比老师的暴跳如雷更让他难受。

第十八章 真正的老师·亲密的和陌生的·再见，亲爱的家

1831 年 10 月 26 日，星期三

爸爸把丹尼尔星期一在学校做过的事情当成一个恶作剧来讲给大家听，让我和丹尼尔何等惊异啊。可是，安妈妈严厉地说，她的两个女儿（！），不管是我还是玛莎，都绝不能再跟着这样一个残忍的老师学习。最后的结果就是我和玛莎从今天开始，退学了！

我们放学刚一回家，爸爸和安妈妈就告诉了我们这个决定。安妈妈说她会继续教我们："这样做是可行的，因为我就是老师。"而且她已经写信到波士顿去购买需要的课本了。（亲爱的安妈妈非常信赖书籍，而且随时都会写信！）丹尼尔本来想和我们一起学习，可是因为他对阿萨、大卫还有别的男同学的义气，他又不情不愿地同意继续待在学校了。玛莎觉得这简直就像过节一样，

我听见她一直对阿萨解释说:"我们的安妈妈是真正的老师,不是只教夏季学期的哦。"

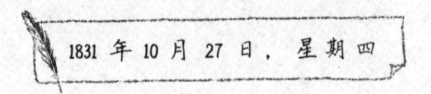

1831 年 10 月 27 日,星期四

虽然只有两个女学生,不过这确实是个学校。吃完早餐,收拾干净后,安妈妈说接下来的每一天她都会一早就给我们设置课程。然后先让我们学习两个小时,之后听我们回答问题,再帮我们纠正错误。今天的课——可能是因为是第一次上课的缘故——非常滑稽。"约翰·史密斯船长被印第安人抓住的时候,("凯瑟琳,把剪刀递给我!")波卡洪塔斯多少岁?"还没等我回答完"十二岁",安妈妈又转过身去问玛莎《道德教义问答》了。"什么是公正?"("就是给予每个人他应得的权利。")"什么是慷慨?"("就是在道义之外对他人施以善行的行为。")"什么是感恩?"("就是对自己得到的帮助心存感激。")今天,安妈妈在说那些我们都听习惯了的话时,居然用了好多感叹句。"亲爱的孩子,把锅拿起来!""玛莎,酱要烧焦啦!""凯瑟琳,小心你的针!"

1831 年 10 月 28 日，星期五

露西姨妈明年早春就要生宝宝啦，希普曼太太今天下午把这个消息告诉了安妈妈。

1831 年 10 月 29 日，星期六

我的被面就快缝好了，安妈妈说我们必须在被子上缝上花纹。她说她要去跟爸爸商量一下，看看缝什么样的花纹好，被面是不是还需要再改改。

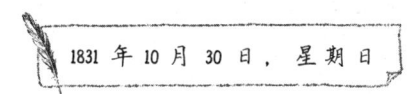

1831 年 10 月 30 日，星期日

我把缝好的布块全都拿了出来，正在考虑怎么把它们拼在一起。过了一会儿，爸爸看着我，清楚地说："你妈妈要是看见了，会很高兴的。"我一时不知道怎样回答。又过了一小会儿，他若有所思地继续往下说着，这一次他说的话，我必须准确地记下来：

"这个被子图案是一个恰当的选择。"他是这样开始的，"我们，我们所有人，难道不都是流浪者、陌生人；我们，我们所有人，难道不都在危险中赶路，在未知的

海面上航行吗?"

我立刻就明白了他的意思。我帮助过的那个陌生人,历经艰险,现在安全了。而凯西,她踏上了另一段更伟大的旅程,将在彼岸长眠。

可我该怎么把这两个人联系起来呢——一个那么漂亮,一个皮肤那么黑;一个和我那么亲密,另一个则是个陌生人。我现在的确相信,无论我们在哪里,也无论我们在做什么,我们相互之间都是有联系的,不管我们是活着,还是已经死去,也不管我们是漂亮的还是黑皮肤的,是亲密的还是陌生的。

1831 年 10 月 31 日,星期一

今天,我终于打算戴上那个自由人送给我的蕾丝,刹那间,痛苦和快乐的回忆一齐涌上心头。

泪水肆意地往下流着,我把自由人送给凯西的那份蕾丝放在她的坟前。和蕾丝放在一起的还有去年夏末我和她一起做的干花——薰衣草、玫瑰花瓣和天竺葵。

我没有告诉任何人我做了什么。没必要,我心里清楚。

1831 年 11 月 8 日，星期二

索菲，以前大家都说她不负责任，现在她给家里寄来了丰厚的工资。在工厂做工的女孩子都在抱怨工资太低，据说由于在新英格兰没有女孩愿意在涨工资之前去工厂做工，工厂主们不得不做出让步，否则只有关闭工厂了。

也许等我满了十五岁——不到十五岁我坚决不去——我也会和索菲一样去洛威尔。除非那时候她已经在俄亥俄了。很可能是那样。

1831 年 11 月 10 日，星期四

安妈妈帮着我给露西姨妈的宝宝织了一顶帽子！每一针都必须非常准确，我们用的是最细的毛线。这活儿可真是太难了。

我在想，要是孩子生下来是个女孩，他们会不会给她起名叫凯西呢？

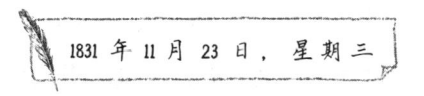

1831 年 11 月 23 日，星期三

由于希普曼家刚刚失去了亲人，我们没有和他们

一起过节。我终于戴上了那顶蓝色的帽子。这个颜色很衬我的蓝衣领,而且,正如我意,也很配我的蓝色眼睛。

1831 年 12 月 12 日,星期一

爸爸说,他保证一定会给我们买《莱维特年鉴》作为1832年的新年礼物!也许别人会喜欢别的作家,但我们只想买莱维特先生的,因为他是我们这儿的人,更何况还一度与我们很熟。

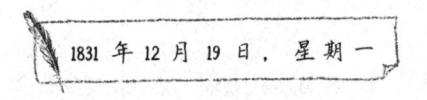

1831 年 12 月 19 日,星期一

以下摘抄自希普曼太太收到的一封信

(这封信是露西·霍尔特姨妈写的,因为信的内容和我有很大的关系,于是希普曼太太把信交给了我。为了能把信的内容妥善保留下来,我特地把它抄在了这里。)

——请帮忙问问凯瑟琳的父母,能不能让凯瑟琳在我们的孩子出生之后到这里来帮忙?

我相信她一定会帮上我们的忙。我在这里没有一个朋友，很孤独，我们觉得凯瑟琳完全胜任。

你们知道学院不收女学生，而梅勒迪斯的学校又太差劲。但爱德华记得凯瑟琳很聪明，他愿意就那些一般的科目给凯瑟琳做单独的指导。我们希望以此作为她来帮助我们的报答。我们保证会照顾好她的健康。

凯瑟琳将会发现我们家是充满学习气氛的。爱德华读了很多很多书，每天晚上八点到十点，他都督促我们读书！我无法在信里尽述那短短几个小时读书时光的愉快。我们已经读了不少法语书，还有一些哲学书。

凯瑟琳能否成行一事，我们期待能够早日得到回复。你可以把我们的地址转告她的父母，请务必劝说他们同意！

在写这本日记之初，我就写了我的愿望，我想永远永远住在这里；可是我也想变得更好，想更愉快地去做别人要求我做的事情。今天，看了露西姨妈的信，我知道我应该遵从爸爸和安妈妈的决定，但我愿意听他们的话是因为我信任他们，而不是因为我容易屈服。

> 1831 年 12 月 20 日，星期二

我还从来没有走出过康科德和基恩，现在却要离家去那么远的地方！爸爸和安妈妈希望我去帮露西姨妈，他们会写信和她确认这件事。

我的准备时间还有很多，小宝宝要到春天的时候才会出生。爸爸说我很幸运，我出发的时候冰雪将会融化，路上甚至连稀泥都不会有。

> 1831 年 12 月 23 日，星期五

希普曼太太吐露秘密，她把凯西穿过的所有衣服都收了起来，她担心别人会觉得这样做有点儿浪费，因为有些衣服都好好的，还没怎么穿呢。可是安妈妈立刻坚定地对她说，那样做是对的。

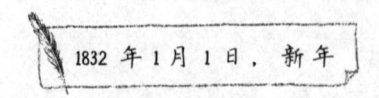

> 1832 年 1 月 1 日，新年

时间过得真快啊，转眼就是新年了。冬去春来，春归夏至，就像福勒牧师告诫我们的一样：

> 世间万物皆有其时，
> 世间万事皆有其刻；
> ……
> 哭泣有时，欢笑有时；
> 悲哀有时，雀跃有时——

这一年，和以往的任何一年相比，都更漫长，我们活过，爱过，感动过，并学会了如何去接受。

1832 年 1 月 14 日，星期六

今天我站在希普曼家，静静地欣赏着几个月前凯西带我看过的墙画。她说，画上的榆树长着小小的树叶，给人春天永驻的感觉。那时是这样，现在还是这样。尽管屋外寒风凛冽，对凯西而言天气却会总是温暖如春，凯西会永远活在春天里。

过后突然一些话跳进了我的脑海里，我不曾见过也不曾读过的句子：

> 活好每个当下，
> 内心充满喜悦。

这会不会是我还是个婴儿的时候听过印留在潜意识里的哪首颂歌呢，尽管并不理解？这些句子是从何而来的？是我自己的独创吗？我有点儿惶恐，但我想我也应该开心地去听从，虽然这句教诲来得有点儿神秘。

1832 年 2 月 3 日，星期五

雪下得很大，我织了一下午的毛衣。

1832 年 2 月 5 日，星期日

又下雪了，没有办法出门。

1832 年 2 月 7 日，星期二

我们都盼望着能去集市——这将是丹尼尔第一次去，而我则是第二次！真难想象他以前不在这里，可事实是他从前岂止不在这里，他甚至都不认识我们，没有和我们一起共度上一次逛集市的时光！

1832年3月8日，星期四

明天天一亮我就得出发，今晚实在睡不着。我悄悄地下了楼。这些楼梯，每一级我都如此熟悉，清楚地知道它们粗糙的边缘。我点亮了一根蜡烛，坐下来写日记。我不知道是不是当一个人要离开一个地方时，就会觉得那个地方格外的亲切。

在门边，放着我的两个行李箱，上面放着叠好的旅行斗篷，还放着沙拉·约瑟法女士写的小说《诺斯伍德》。那是安妈妈送给我的礼物，是她写信从波士顿买来的。爸爸从我的行李中拿出来不少东西，他说反正我到了夏天就会回家来的。

此时此刻，夜是如此静谧，深沉又清冷。炉火早已熄灭了，只有深处的木头还发着微光。隔壁房间里睡着爸爸和安妈妈，阁楼上是做着乡下男孩美梦的丹尼尔，还有玛莎，我敢肯定她一定已经睡到我那半边床上去了。就是这个念头将我的思绪打断。

晚安，我亲爱的房子；晚安，我亲爱的家；晚安，我亲爱的人们——晚安，再见了。

尾声

我最亲爱的凯瑟琳：

　　收到你的来信我很高兴，也很开心你能喜欢我还是个少女时写的那本日记。

　　关于你询问的那个逃奴，他一点也不令人害怕，而是我当年的生活中的一个真实的小插曲。后来我再也没有收到过他的信。当然，在过去的这些年里，我时不时地想象有一天会有人来敲门，而当我打开门的时候他就站在那里：柯蒂斯。当然，他没有来。

　　约书亚·尼尔森长大后就留在当地务农，他的两个儿子参加了南北内战，小儿子，我想，在葛底斯堡牺牲了。那之后约书亚申请参军替儿子作战，后来身受重伤，一直都没有治愈，毕竟他那个时候已经不年轻了。几年前，他去世了。在他去世之前，我们一直互寄圣诞卡片，相互问候。

其他人也都已经去世了,只剩下我和小威利·希普曼还在。我一直都觉得威利还是个小孩子,虽然上一次我听说他的消息时,他已经过了七十五岁生日了!有人在给他张罗聚会庆祝。

不,我没忘,这就告诉你——我们那时候过圣诞节没有什么礼物,过生日也没有。我第一次看见圣诞树是在波士顿,那年我二十三岁。

现在我已经快八十三岁了,身体还可以。我还有很多地方想去,还有很多东西想看。而你,我亲爱的孩子,新世纪刚刚要开始,时间是属于你们的。

做你力所能及的事,让这个新世纪更加美好。记住,我们以前就这样说:"生活就像是布丁:既放糖又放盐,才能让它变成真正的美味。"

爱你的曾祖母:凯瑟琳·万斯迪

1899 年 12 月 9 日

写于罗得岛州普罗维斯顿

附:谢谢你告诉我那把椅子现在还算无恙。安妈妈和爸爸去世后,椅子就给了我妹妹玛莎。不过玛莎没有孩子,她的丈夫比她先去世。所以当她去世之后,椅子又回到了我这儿。我拿它又没有用,就给了你的妈妈。你真聪明,猜出了那把椅子的来历。

凯瑟琳·霍尔·万斯迪

后记

在新罕布什尔州，梅勒迪斯以北几英里的地方，有一条沥青路朝左边延伸。也许它以前还有名字，不过现在没人用了。前面有一个一英里左右的缓坡，通往我在书中所描写的希普曼家的农场。从这里，又有一条满是尘土的小路从右边斜插过来，小路往北几百码，是一所修复后的房子和谷仓，书里的故事就发生在那里。

这个故事中，有多少事情是真实发生过的呢？我在写作的时候用了一些真事，作为门外汉，我对这个地区的历史很感兴趣，我想重现这所房子刚刚建起来时的生活。为了达到这一目的，我参考了很多档案、书籍和这个地区的报纸，参观了很多博物馆和小规模的收藏，甚至去过去的墓园寻找写作的线索。日记当中的某些情节是直接根据收集到的材料改编而来，比如关于教师的罢兔，以及梅勒迪斯伯爵令人惊异的回乡。可是慢慢地，我发觉我创造出的人物越来越鲜活，胜过了那些真实的人物。

八月的下午，在写作了几个小时以后，我走进客厅，那里清凉、黑暗，又如此熟悉。我忽然有一种感觉，仿佛不管从时间上还是空间上，我都像一个入侵者。这所房子，始终属于那些修建它的人。凯瑟琳、凯西，不管他们叫什么名字，他们从未离开过，我只是把他们写进了故事里。这就是事实真相。

琼·W. 布洛斯
1979 年 3 月

图书在版编目（CIP）数据

永不变老的日记／（美）布洛斯著；罗玲译.
一昆明：晨光出版社，2015.4（2025.4重印）
ISBN 978-7-5414-7071-4

Ⅰ.①永… Ⅱ.①布… ②罗… Ⅲ.①儿童文学－长篇小说－美国－现代 Ⅳ.①I712.84

中国版本图书馆CIP数据核字（2015）第044455号

A GATHERING OF DAYS: A New England Girl's Journal, 1830—1832
Copyright © 1979 by Joan Blos
Published by arrangement with Curtis Brown Ltd. through Bardon-Chinese Media Agency
ALL RIGHTS RESERVED.

本书中文简体版由柯蒂斯·布朗版权公司〔美〕授权云南晨光出版社有限责任公司独家出版。
未经出版者许可，任何单位或个人不得以任何方式复制、摘录或抄袭本书中的任何内容。

著作权合同登记号 图字：23-2014-118号

YONG BU BIAN LAO DE RI JI
永不变老的日记

出 版 人	吉 彤
作 者	〔美〕琼·W.布洛斯
翻 译	罗 玲
审 译	张 勇
绘 画	窦 阳
项目策划	禹田文化
责任编辑	李 政 常颖雯 付凤云
美术编辑	刘 璐 沈秋阳
封面设计	木
版式设计	辰 子
出 版	晨光出版社
地 址	昆明市环城西路609号新闻出版大楼
邮 编	650034
发行电话	（010）88356856 88356858
印 刷	北京润田金辉印刷有限公司
经 销	各地新华书店
版 次	2015年5月第1版
印 次	2025年4月第18次印刷
开 本	145mm×210mm 32开
印 张	6
ISBN	978-7-5414-7071-4
字 数	100千
定 价	24.00元

退换声明：若有印刷质量问题，请及时和销售部门（010-88356856）联系退换。